在草一方

包立群◎著

YUANFANG
远方出版社

图书在版编目 (CIP) 数据

在草一方 / 包立群著 . -- 呼和浩特 ： 远方出版社，2021.1

ISBN 978-7-5555-1510-4

Ⅰ . ①在… Ⅱ . ①包… Ⅲ . ①诗集 – 中国 – 当代 Ⅳ . ① I227

中国版本图书馆 CIP 数据核字 (2020) 第 236426 号

在草一方

ZAI CAO YI FANG

作　　者	包立群
责任编辑	董美鲜
责任校对	心　妍
装帧设计	韩　芳
出版发行	远方出版社
社　　址	呼和浩特市乌兰察布东路 666 号　邮编 010010
电　　话	（0471）2236473 总编室　2236460 发行部
经　　销	新华书店
印　　刷	内蒙古爱信达教育印务有限责任公司
开　　本	130mm × 210mm　1/32
字　　数	175 千
印　　张	8.75
印　　数	1—3 000 册
版　　次	2021 年 1 月第 1 版
印　　次	2021 年 1 月第 1 次印刷
标准书号	ISBN 978-7-5555-1510-4
定　　价	38.00 元

序

只有浩荡的诗，能盛下浩荡的天空

敕勒川

认识包立群，是一件美好的事。

这美好，一则因为她的人，一则因为她的诗。每次见到她，她都是阳光明媚，青春靓丽，朝气蓬勃，一双大而圆的亮晶晶的眼睛闪烁着温暖的目光，让我这个将届“老朽”的人也一下子返老还童起来。听兴安盟的诗友们讲，她为兴安盟的作家们做了许多实实在在的好事，比如请老师开展讲座指导作品，给有前途的作家们出书，开诗歌那达慕，费尽心思让《兴安文学》复刊，向《草原》再三推荐兴安盟的作家……她的这些努力，着实让我感动和敬佩。在这个物欲横流的时代，不是每个人都能这样做的，也不是每个人都乐意看到别人的成功。而她对于诗歌的执着和热爱，让我特别感动：在繁忙的工作之余，她努力写作，虚心接受他人的意见，甚至在开会的间隙，也会抓住时机向人讨教，短短几年时间，就结出了丰硕的果实，竟然集结出版了一本诗集，让人很是惊讶。而我有幸目睹了她这几年诗歌的巨大进步，真心为她高兴。

不知怎么的，想起包立群，我就会想起古代的花木兰。我是说，如果在古代，她一定是那个替父从军的伟女子，征战沙场，功成而退。而现在，我怀疑她就是当年那个花木兰转世，只是她手里的武器换成了笔，她用诗歌征战天下，并且取得了初步的胜利。

我想说，包立群身上有一股侠气。

这侠气，用官方的话说，就是浩然正气，表现在诗歌上，就是她的诗歌中很少有当下许多女诗人们身上那种特有的柔弱示怜、自怨自艾、见花落泪、小情小调，而是呈现出一种大气象、大诗意、大的精神境界。她的诗突破了女诗人的界限，而呈现出一个真正的诗人的面貌和风骨，实在难能可贵。她写爱国情怀，“我们不会说出很多道理/我们会用生命的坚守/一起向世界传递中国的春天”（《中国的春天》）；写故乡草原，她也不去写那些花花草草，而是写“一匹马牵出浩荡/草原，还有哪个比科尔沁离我的心脏最近”，“风吹草低啊/我把我的影子投到她的辽阔里”（《我把我的影子投在科尔沁草原上》），大气磅礴，与草原相得益彰，与灵魂互相补充，与故乡生死相依。

我们看看《让爱抵达》，“我想握紧你伸过来的手/表达彼此的牵挂和祝愿/最后只能敲敲玻璃/相互笑笑，然后安静地离开”，表达出一种无奈；随后写道：“就像在这广阔的草原/阳光正好，洁白的奶食/伴着莹润的稻米/一起，晾晒你和我/同一穹庐下，从历史的风烟深处/相互牵挂走来的大爱”，诗歌至此，在铸牢中华民族共同体意识的时代背景下，已将民族团结的大爱了然于笔墨，将主题不动声色地娓娓道来，言辞恳切，发人深思。

《阿爸说》：“阿爸说，蒙古人/需要走出羊肠小道/在广阔的天地里/纵马驰骋/像他当年年少时那样/迈开步子义无反顾地走出他的库伦/阿爸说，不让铁丝网将草原/打成方格/也不让你和我/站在各自的方格里/痴痴遥望，无法走近/阿爸说，拉紧/手与手的温热/才能让四周看不见的寒意/不敢靠近/阿爸说，要点燃篝火/照亮最后那一缕雾色/让你和我互相看得/明明白白，真真切切。”这首诗从“阿爸”的角度发声，可以让人想到一位高屋建瓴、高瞻远瞩的蒙古族长者发出的心声——“让四周看不见的寒意/不敢靠近”，而且“让你和我互相看得/明明白白，真真切切”，就更力透纸背，发人深省了。

另一首名叫《涉水者》的诗，通过“涉水”这一寻常行为，凝结了人生的酸甜苦辣，提炼出生活的真相，把具体的生活提升到诗意的思想境界，从而表达出人的命运这个重大的命题：“当初，我们都是涉水者/我们离天空太远/离水很近/只有浩荡的水/能盛下浩荡的天空”“它在地上，却仿佛在天上/领受命运”，而我依然是“这里的王”。她承受“命运”，而又不屈于“命运”，她始终是自己的“王”，她用“浩荡”完成了“浩荡”的命运，她用诗歌完成了自己的命运。这首诗语言凝练，诗意深刻，境界雄浑。像这样的诗还有，《孤独的世界》，“挣扎的烛火”与神最接近；《人间冷暖》，舞台上，“月色的清冷”有神的味道；《额头触在故乡的胸口》，“一会儿落雪了/只剩下，三两只麻雀/我只好用我的额头/触在故乡的胸口上”……这些诗，都是值得一读的诗，都是可以让人怦然心动的诗。

当然，无情未必大丈夫，无情肯定不是个好女子，包立群也有她温柔的一面。比如，她写到母亲时，便流露出一个女子的温柔和美丽：“如今我常常走神/我看见母亲坐在小板凳上/俯下身子，刷缸，下酱/一两朵杏花，落在她乌黑的头发上。”（《杏花落在母亲乌黑的头发上》）这画面美得让人的心一下子安静了下来，仿佛看到母亲又回到我们中间，仿佛母亲永远不会老，永远是我们希望的那样，年轻而又美丽。对于一个诗人，母亲与美，一个都不能少。比如，她写到女儿时：“歪歪扭扭的字迹/越来越工整规范/我的忧伤莫名其妙/疼的是锯子，不是我的心”（《生字本》），一个母亲的母性跃然纸上，写出了天下母亲共同的感受。这首诗的高妙之处在于，她不说自己的疼，自己的担忧，却说，那是“锯子”的疼，指鹿为马，指南打北，声东击西，使一首诗顿时有了不可思议的新意，让我们的心更加疼痛。不得不说，她对人生和诗歌的确有着自己独到的理解。

最让我感动的是她的《卖早餐的女摊主》："路边冒着热气的摊位/让这个冬天懒惰的主妇依赖 /大雪淹没了地面 /她不得不重新认领她那块位置/右边卖饸饹的早早来了/左边炸油条的还没来/人多起来，世间还原应有的样子/这是个孩子患了重病的母亲/叫嚷着卖，讨价还价/看不出她的人生多痛/悲伤也需要资格/当然，还有时间/她面前的包子、花卷、馒头/个个被点化，努力做出讨喜的样子/帮助主人招呼着尘世/慈悲得让人心碎。"这首诗，语言素朴，诗意扎实，从容不迫，推己及人，说出了她内心深处真实的感受"慈悲得让人心碎"，诗意地阐释了老子的"老吾老，以及人之老；幼吾幼，以及人之幼"的思想，显示了她菩萨一般的悲悯情怀，浓浓的人间烟火气息里，透露出的是一种大慈悲。说实话，我更喜欢她这样散发着人间烟火气息的诗歌，不飘，不虚，有担当，有生活，有疼痛，有温暖，有自己独到的发现，用她自己的话说，就是"所有的飞翔/原来都为了俯首"（《接近》）。我以为，这也是她以后应该着力为之的方向。

她用心发现生活中的诗意，也用心发现自己灵魂中的诗意，她将生活用语言和心灵过滤了一遍，所以她的诗都带着她的深思熟虑。的确如此，写作，特别是写诗，就是用文字"重回人间"。她有意或无意地说出了写作的秘密，所以写作在她那里不再是一件神秘的事情，而是她观察人生和生活的一种方式。“时光磨起的毛边/码上精美的刺绣/看破风霜雪雨的真相/依然爱这烟火缭绕的生活/爱这尘土飞扬的人间。”（《秋风辞》）她的这种悲壮的精神，既是诗歌的，也是人生的，是一种黄金般珍贵的精神。

读包立群的诗，总让我想起李清照，想起李清照的《夏日绝句》：“生当作人杰，死亦为鬼雄。至今思项羽，不肯过江东。”我总觉得，这两个相隔千余年的诗人身上，有着某种神秘的联系。或许，她们都是女子，都是女儿，都是母亲，都是妻子，都是热爱生活的人，都是汉语诗歌中一脉相承的美的叙写者。

佛教说，佛有三宝，佛，法，僧，皆是度人灵魂的。我说，人生有三宝，美食，爱情，诗歌，既度人的肉体，也度人的灵魂。我又说，兴安有三宝，阿尔山，洮儿河，包立群。这当然是我的偏爱，也是我的期望，期望包立群（也包括兴安盟的其他诗人），用她手中的笔，建一座诗歌的阿尔山、洮儿河。我知道，她能够做到，并且能做好。大美兴安盟，应该是出大诗人的地方。

此刻，窗外春光明媚，阳光浩荡，仿佛包立群亮闪闪的大眼睛在我眼前晃荡，想起我两次去兴安盟，包立群都亲自到机场接我，这份情谊，委实让我感动。特别是去年参加他们的“诗歌那达慕”，一路青山绿水，欢歌笑语，诗酒酬唱，留下了深刻的印象，也结下了深厚的情谊。人生一大快事，不过是与志同道合、惺惺相惜的人把酒论诗。

包立群，一个值得一生珍惜的好朋友，一个值得期待一生的好诗人。我愿意把她当作我诗歌道路上同行的小师妹，但我更愿意把她当作我的兄弟。

来，兄弟，干杯——

“只有浩荡的水，能盛下浩荡的天空”。但我知道，她想说的意思是，“只有浩荡的酒，能盛下浩荡的天空”。如果把“酒”换成“诗”，这句诗也是成立的——

“只有浩荡的诗，能盛下浩荡的天空。”

她几乎做到了。

来，读诗吧——

2020年4月26日于呼和浩特

目录

辑一·同心

辑二·静好

辑三·风烟

辑一·同心

中国的春天

待一只看不见的手
与另一只手
与另很多只手
握在一起
一个笑脸探出头来
许多脸也便次第笑出弯弯的弧度

那些抱有敌意的风
那些抱憾而去的花儿
挪走了很多日子
魔鬼与天使
冬天与春天
一念之间
垒起一道墙，隔开欢笑与眼泪
一场疫情，牵累万物
十指连心，每一个人都是我们的亲人
我们目送它渐行渐远
然后抚摸伤痛，在风中

放一缕坚强
历经劫难的国度
很多人点亮微光，照亮自己
然后再照亮别人
照亮那些再也无法回家的人

善良是打开光亮的钥匙
光亮会安慰每个生命，道一声平安
从春天次生的丛林
绿意蔓延的草原
从高岗到每个荒芜的角落
无一遗漏，洒满
无须注释的善良

任何心机和技巧以及谎言
都会败给春天
只有真诚不再拥挤
林林总总，密密匝匝
绿色会带来多彩天空
同样也会带来生机勃勃的大地
我们不会说出很多道理
我们会用生命的坚守
一起向世界传递中国的春天

让爱抵达

在同一片山水，像隔着玻璃
我们能看见彼此的微笑
却听不懂彼此的语言
鱼贯而来的问号
蜿蜒成山间的小路，绕出很远的路程
无法抵达心灵的彼岸

我想握紧你伸过来的手
表达彼此的牵挂和祝愿
最后只能敲敲玻璃
相互笑笑，然后安静地离开

把玻璃拿开
用它制作成透明的水晶
不需要跋山涉水
就可以毫无顾忌地
大声表白

就像在这广阔的草原
阳光正好，洁白的奶食
伴着莹润的稻米
一起，晾晒你和我
同一穹庐下，从历史的风烟深处
相互牵挂走来的大爱，让爱抵达

在同一片山水，像隔着玻璃
我们能看见彼此的微笑
却听不懂彼此的语言
鱼贯而来的问号
蜿蜒成山间的小路，绕出很远的路程
无法抵达心灵的彼岸

我想握紧你伸过来的手
表达彼此的牵挂和祝愿
最后只能敲敲玻璃
相互笑笑，然后安静地离开

把玻璃拿开
用它制作成透明的水晶
不需要跋山涉水
就可以毫无顾忌地

大声表白

就像在这广阔的草原
阳光正好，洁白的奶食
伴着莹润的稻米
一起，晾晒你和我
同一穹庐下，从历史的风烟深处
相互牵挂走来的大爱

闪烁

红色的空气，从鼻息钻进心肺
正午，阳光正好
眯上眼睛，蓝天，流云
归流河，洮儿河
河流如鉴，倒影映出昨天
在心里酿成血液，奔流
历久弥新的是浪花，一朵一朵
如苍天之蓝，亘古不变

一帧帧，闪烁
那些夜空中的繁星
像一个个英雄，不能忘记
奔流不息的河流
不会淹没倒影
不会淹没丰碑托起的天空

所以今天
我鞠躬致敬

在民族解放纪念馆
在乌兰夫办公旧址
在五一会址
那段峥嵘岁月
光耀大地
曙光，从天边涌起
你，或者你们，有名，无名
都会获得一束霞光
在最明媚的早晨
照亮生活

五角枫红了

五角枫红了
红了第几回谁也说不清

据说那年她红得血脉贲张
红得目眦尽裂
“践踏”一词在草原上
是五角枫站着流血
蒿草倒伏
西北风呜咽
爷爷绽开棉花的黑袄
揭不开锅的一家老小
再不迎着刀枪上前
只有断子绝孙
姥爷哥七个
都骑上马
向炮弹轰响声的方向出发

光秃秃的冬季过后

所有的根系手拉手
一起钻出了地面
春风吹又生
生生不息

奶奶和姥姥们
在火红的五角枫下
系上五彩的幡绳
她们身后，站着孙男弟女
大大小小
全家向着太阳升起的方向
磕了响头

五角枫红了
有一些年份她红得特别
一八三九年，她因觉醒的土地上燃烧的鸦片
一九一九年，她因革命先驱的上下求索
一九四九年，她因新中国那一声响彻云霄的呐喊
一九七九年，她因改革开放开启新的征程
……

五角枫红了
二〇一九年，她红得绚烂无比

红得竭尽全力
新时代不忘初心
我辈要牢记使命
火炬之光 生生传递

五角枫红了
红得热血沸腾
红得难以遏制
再出发
再出发
一面面红旗
已经在路上

胡尔勒，你以草香邀我

你以草香邀我
以满天星斗邀我
以载歌载舞的幸福邀我
胡尔勒，你是我的蒙古兄弟
我等你，等你从勒勒车的车辙里
开着崭新的轿车来接我
等你掸落泥土路的灰尘
在新通的路上
新架的桥上
帅得跟骑兵一样
将贫困和落后抛进夕阳
麦田守望的丰收里
你煮熟了喷香的黎明

我坐在你的朝霞里
这是你在我梦里的样子
泉水叮咚，密密匝匝的林子
一缕阳光叫醒了这里的山河

牛欢羊咩，蒙古马奋蹄
孩子们的读书声擦亮了校园
合作社的牧民数着含笑走来的日子
我的兄弟，你成了护林员
你穿着崭新的蒙古袍
你刚娶的新娘
是科技种田的高手

今晚在你新修的房子里
点亮工艺吊灯
冰箱里的啤酒
烤炉上的手把肉
邀上那位年轻的第一书记
我们谈谈明年的计划

待到木成林牛成群
“南三北八”的跫音
渐行渐远
这个叫作胡尔勒的蒙古族乡镇
再也不像过去那个丑媳妇一样
总是羞于见人

注：南三北八是指兴安盟南部三个乡和北部八个乡，是曾经出了名的穷困乡。

哈图布其的前世今生

哈图布其水草丰美啊
说起这块土地的前世
科尔沁的老人们最愿意
捋着胡须
眼神悲凉地遥望自己的记忆

最初开荒造田时
那些尖利的农具
将争奇斗艳的草原开膛破肚
那些从“牧民”转向“农民”的蒙古人
哆嗦着把种子点进草被掀翻的地里

十年九旱啊
叹气声随着烟袋锅一明一灭
那些洁白的云彩
只装扮天空
就是不肯下凡来拯救苍生

有一天来了一群人
说是咱们嘎查成了中宣部的扶贫点
他们研究哈图布其
像研究一块家传的银碗
究竟适合装些什么
他们一整夜一整夜地争论

终于，他们统一了思想
减羊增牛，为养而种，全年禁牧
话说也巧，一年就见了成效
那些总像生了病的草地
像打了针
抖擞精神绿得不管不顾
那些“癞秃头”的盐碱地
就像治好了皮肤病

集体经济二〇一六年两千元
二〇一七年六万元
二〇一八年十八万元
二〇一九年二十六万九千元
……

看着老乡们

拉起四胡，唱起乌力格尔
广场上跳安代舞的大妈们
穿着争奇斗艳的蒙古袍
就像那些曾被掀进地里的草
又有了生命

二〇二〇年颜色的纪念

男主粗暴的叫骂声
将世界劈成冷酷的颜色
那种漏雨的房子的颜色
粗瓷的碗的颜色
以及盛在里面的咸菜疙瘩的颜色
女主人长年卧病在炕上的脸的颜色
经常会旷课的小巴图的眼神的颜色

旷世之手将调色的按钮启动
油绿是第一个探出头来的颜色
栅栏上新近开放的豆角花的紫色
窗户里倒影的新刷油漆的粉色
西门塔尔牛身上油亮的棕色
庄稼地里涌动的饱满的黄色
苍白的脸上浮起润和的红色

那是谁的手？

阿爸说

阿爸说，蒙古人
需要走出羊肠小道
在广阔的天地里
纵马驰骋
像他当年年少时那样
迈开步子义无反顾地走出他的库伦

阿爸说，不让铁丝网将草原
打成方格
也不让你和我
站在各自的方格里
痴痴遥望，无法走近

阿爸说，拉紧
手与手的温热
才能让四周看不见的寒意
不敢靠近

阿爸说，要点燃篝火
照亮最后那一缕雾色
让你和我互相看得
明明白白，真真切切

八月与一群蒙古马相遇

饮水的月光
从烽火台掠夺了几分苍茫
萨日朗的花蕊长出颤抖的弦歌
四胡，一声声低音嘶吼
山地，丘陵，科尔沁的草原
舞动所有精灵
六千万年前的原蹄兽，演变出神飞的意象
八月！八月来了

你再也不要指望她安静
像孕妇那样
雪花从山峰最高处微笑
那些幽紫的眼神也开始活泛
冰层里涌出的喜悦
与季风撞个满怀
始祖马，古风一般押韵的马蹄声
从天边涌来
八月！八月来了

拉满弓，以马背上应有的样子
再到苏鲁锭下
领取这一刻的荣光
风萧萧，英雄微笑
蒙古马，坚守着吃苦耐劳
勇往直前的执着基因
最终触及一根腾空的神经
八月！八月来了

臂力，腕力，胸大肌
勒住缰绳，寻找箭矢扎进的青岩
这力量，来自鹰的翅膀
来自狼的眼睛
来自火的升腾
那些翱翔的姿态
接近最高的蔚蓝
贴近最低的碧绿
八月！八月来了

老榆树裸露的根骨
五色绳系满的旗语
呼啦啦扯住每一片云
扯住五十六个民族的袖子

虔诚添上我的祝福，敖包
岩石彼此拥抱在一起，跳舞
斟满酒，敬长生天
祈祷风调雨顺国泰民安
八月！八月来了

与羊群同时醒来
咀嚼肌拉伸
草香，深藏进体内的空旷
一碗奶茶与一首长调袅袅相遇
蒙古包，打开变迁的欣喜
八月！八月来了

请给我一个缰绳吧，热泪难收
此刻，吹拂过我脸颊的风
让拴马桩发出新芽
允许我，草原的女儿扬鞭奋蹄
看蒙古马，踏着飞燕
绿色再与绿色交汇
边疆再与边疆合奏
新时代，蒙古高原
已经隆起新的高度
八月！八月来了

五角枫

从北纬四十四度的严寒
读取你的坚贞
西北风描绘秋冬
有你激情的生命
向死而生的隐忍
守住一片鲜亮的颜色
在大地干裂的伤口上
留下一抹火红的苍凉

一棵树的价值
是经历春夏的灿烂
依然守住一树的斑斓
红色，是对脚下土地
多情的报答

霍林河

淙淙地流啊！见你时
不见你时
不眠不休

羊换了几茬
牛郎的扁担都朽了
老额吉，不再接生了

奶茶，照样熬
不能断，奶茶的味道
沿着河流能一直淌下去……

敖包山

离开熟悉的山
离开山上的那些树和草
即便我在早晨复活
那些随同我复活的
还有你吗

山前放过心底的诘问
山后拦住另一个自己
山顶的敖包，越堆越大
那些手温曾浸润的石头
越来越柔软，彼此贴近

打碗花，满地堆积
许久未见的栅栏
紧紧捆扎埋藏乳牙的青岩
白云几度与羊群同时光顾

那些越来越深扎的盘驻

翰嘎利湖写意

湖水此刻，黄睡莲开得平静
一只鸟正在闯入世界
蛋壳安静地开裂
岸上每一句花语
都有草丛无言的依偎

沙滩，一遍遍冲刷
一遍遍抹去，万千足印
放生的那一条小鱼儿
又被鱼钩诱惑

所有钓鱼人
静静垂钓着自己
天人合一
此刻也在上演一场江湖

与乌苏浪子湖的一场相认

我站在你的身边
和这一排的树木一起
乌苏浪子湖
我和你的相遇不问彼此的过往

我在你的世界里恍惚过
水一般纯净
那所有的倒映
就像这心湖一般
一漾一漾
都律动着永不老去的青春

辨认哪一棵是前世的我
是这个夏天
你最后的机遇

喂羊的阿妈

你静静地站在那里
喂羊的阿妈

你静静地拿着草
羊儿来吃草了
半截门扉，披着霞光的阿妈
含着笑

在院落，在羊的咀嚼里
在阿妈的头发上
青草散发着
堆满的香味

你看，一个村子的羊欢马嘶
在蒙格罕山脚下
都向着阿妈这边
涌——来

一只空奶桶

此刻 一只空置的奶桶注视着我
我注视着大地
我看见奶牛、挤奶的姑娘
以及有关青草的芳香
我看见一只蝴蝶掠夺青草的头顶
还有顽皮的儿童手摇着牧鞭
……

无限时空里发生的美好
隔着尘埃的覆盖，向我揭示
那里有泥土之下的孕育
也有我均匀的心跳
我对视着母牛的眼睛
还给她同样慈悲的眼神
我用手抚摸她的皮毛
和她产下不久的牛犊

我注定是个眼泪很多的人

我安静地陪伴一只奶桶
听她讲述
夏天没有走远
青草从没有消失

豢养一片阿尔山的云朵

无来由，无去处
一吹即散
阿尔山的那些云朵
是我流浪的孩子

我的牛栅栏刚好新系了铁丝
我也为你
筑个歇脚的巢
我用我的慈悲豢养你

许多年过去了
我终于明白
同样是流浪
云朵啊，一直在豢养着我
一会儿在我的头上
一会儿故意来到我的脚下

呼伦贝尔纪行

一

降落在东山机场
坐上前来接机的车
呼伦贝尔用特别的方式
接纳一个寻亲的人
亲人，只有蒙古族阿布额吉
才会倾其所有
为一场相见
准备如此盛大的场景
所有的草簇拥过来
彩云缭绕　哈达飘飞
骏马涉水而来
蹄声敲响了萨满鼓
篝火熊熊
化铁出山的先祖们一定就在身旁
以风的姿态
以芳香的神韵
每一个空气的精灵

都带着我
所有在草原生活过的
亲人的鼻息
他们亲近你的额际、鬓发、脖颈
我们经由舞蹈彼此沟通
舞蹈里有万语千言

二

穹庐覆盖草原
斜阳牧归
流觞，欢饮
此刻，一缕炊烟就能唤醒夜空
天时地利人和
钢铁化作绕指柔
一杯清澈的酒
有了筋骨、温度和思想
表达一种纯真
守护一种眷恋
释放一种激情
醉眼望醉了另一双眼
美酒灌醉了另一杯酒
酒灌醉了诗
诗灌醉了草原

不知哪句戳在心头
艾吉玛的四胡震颤了星空
于是红尘做伴的牛马羊及诗人们
和萨日朗、马兰花一道
融入苍茫草原
草浪荡涤着尘埃
歌声回荡在天外

三

今夜允许一些事物发酵
我看过的月光，落叶和漫天的格桑
发酵成歌、酒和泪
草原的基因复活
柔软的，虔诚的，博大的
敬给敖包，敬给长生天
敬给完好的土地和上面的草
敬给千百年来用生命和血保卫下来的边界线

五百多条河流请原谅我
无法一一点出你的名字
额尔古纳河、海拉尔河、莫尔格勒河……
这些有名字的没名字的河
目睹了多少沧海桑田和悲欢离合

可她们一直沿着河道安静地流淌
容纳所有喧嚣和浮躁
容纳所有膨胀和虚妄
甚至狂暴和血腥

至今你也不悲不喜
像千百年前从源头涌出，流淌而来那样
不增不减，不怨不恨，不忧不惧
所有生灵都是你的孩子
你故意、故意拉长了线路
极致地蜿蜒，尽量地曲折
你要把每一株草，每一只牲畜
甚至每一片蓝天和白云都揽在怀里
揽在你清澈如禅的碧波里
揽在你乳房一样圣洁的滋养里

四

我又一次长跪不起
深深俯下身
我的呼吸拂在一朵野花的薄翼上
彼此深深地、长久地对视
她花蕊轻颤
她微张着唇想要倾诉

她认出我来了

呼伦贝尔，我是您的女儿，您的心肝
我走不出您挥拂的长袖，走不出您的凝望
无论多少次的飞翔
无论多远的距离和高度
我终将栖息在你的河岸
允许我游牧的心灵
最终选择回归你的脚下

最终我将化成你的一部分
你的一粒水滴
一粒与所有河流一起奔流的水滴
我要和你在一起
用我们的身躯去涅槃重生
我们一起绕过山，绕过森林和草原
绕过每一寸我们惦念的土地
溯流寻找到每一簇根须
努力长成一株株植物
滋养每一个长驻或路过的生灵

故乡的五棵大柳树

故乡，并非是我的出生地
称为故乡，是有祖父的坟茔
和父亲的童年

月光照亮白沙
涌动的丘陵，掩埋了
一支血脉的来由
回溯，只到祖父就戛然而止
然后就剩下，遥远的额尔古纳河
一直绵延流淌

那是一个唤作库伦的地方
我从来没有居住过
只有填写履历时一笔带过

我踏着父亲的年迈走向年迈
清明，成为归乡的屋檐
五棵大柳树

以及树下的两座坟茔
提示着
风的去处，我的来处

我也是在父亲快八十岁时
才认下，陌生的故乡
和那里空气中的雨滴

新佳木

水天相接，我的丹顶鹤
将飞翔写成倒影
让波纹谱上曲子
荡漾出世外才能弹奏的境界

我的草原，家在那里边
草是底色，黄榆和五角枫才是郡王
一棵树与另一棵树
是一首散文诗的距离
人字雁行，天空的舞蹈
候鸟认得这里的炊烟
认得芦苇的招手
去年掉队的鸟，竖起耳朵
把一声声亲爱的呼唤
举向蔚蓝和洁白

新佳木，蒙古语
是莽莽林海里走出的新路

萨日朗，野百合
在额吉的蒙古包外
漫天飞舞
所有的草，所有的树
自顾自地演绎
一场风花雪月
来过的人，回眸一笑
芬芳春色，竟能够地老天荒

王爷庙的清晨

公园的北侧
无人问津的后院
闲置的砖头瓦块
断壁残垣

无意中，发现
一道道扫帚的纹路
一排排开花的格桑

喜鹊和乌鸦
都在此筑巢安居
静寂的力量
让所有漂浮下沉

四周
空无一人
可我分明感受到
有一双眼睛
无处不在

洮儿河抒情

需要一个缰绳
让我的马歇息
摇曳的稻花儿
舟楫欸乃

阿尔山的泉溪
一路流到乌兰浩特
多远啊……
我也是远方的客人
和你一样，流经浅山和岩石
那些和我朝夕相处的草
我已许久，不曾相见

等斜阳细致地抚摸
整个城市因你而温柔
淡淡的弯月
已经把哈达桥轻轻挽起

我们亲切地相识
我还把自己浸入水中的月亮
因为这一瞬间的美景和幸福潮湿了眼睛
炊烟深处，一条唤作洮儿河的河
征服了，一颗自以为坚硬的心

红叶

闭上眼睛，一片枫树林涌上来
浪花灼热
沸点呈赭红色
跟心脏，同频拍打
失散的，没失散的
羊群，牛群，邻居，友人
和晚霞一同落山的消息

统称为回眸
划过天幕的流星
划过指头的手机屏
流失的光阴里
沉默省略了结束语

一点点释放黑暗
黎明
一遍一遍抚过叶片
每当此时我必在

逐个拷打，每一寸光阴
甄别收藏每一枚，斜阳

我长久地迷恋九月
能望穿秋水
于是又把这种了满园的红叶
爱了一遍

两片枫叶

你的名字叫五角枫
我的也是
我们走过前生来世
只有霜染秋叶时
彼此相认

你看风又起了
我们又得道别了
来年春天
我们还藏在邻近的树里
我结成红色的叶子
你结成绿色的叶子
我的存在就为了映衬你
你的存在就为了陪伴我

阿尔山的白桦

梦里梦外
有一棵深情的白桦树
一样的月光
水洗的夜色

只有阿尔山
静谧，深入到灵魂
我找到了，通往你的路
手握半片羽毛，衔着柳兰

灼热的烫伤
眼泪，歌声从遥远处苏醒
云端上一双眼睛
投射出，深切的凝望

额头触在故乡的胸口

只拿三五件衣服
出门时我想着一会儿就回还
许多声音混杂
来不及谛听

一路遗失
有人，有声音
拿着蒲扇，扇着风
一棵被砍掉的树
疯长，高出屋檐

一会儿落雪了
只剩下，三两只麻雀
我只好用我的额头
触在故乡的胸口上

故乡

生于斯长于斯
这里的泥水，熟悉如手足
连脸上带大痦子的老人
门口的叫卖声
好事者，聚集闲聊
狗儿趴在地上，一动不动

霍林河路罕山东街
拆迁前是一片民居
我家，弧形顶
前院邻居，起脊房
后院邻居，北京平

红砖，现在都不烧制了
我已经有资格，称你为
故乡

故乡已是客栈

这是个羊肠小道
马蛇子会经常窜过
害得老瓜瓢
孤独老去

我没来得及跟故乡亲近
老的太老，沉泥已成落红
我又太小
被掬起的一捧流沙养殖
在母亲的讲述里
我瞎眼的外祖母
曾抱我在膝上
我望向
墙壁上的照片和远方

清明节是回乡的屋檐
三岔路上的纸钱
挂了幌子
此时此刻，故乡已是客栈

邻居

想敲开你的门
在门外，呼吸夏日的风
带着野百合和泥土的味道
我想与你分享远足的收获

交汇的眼神错愕
甚至鄙夷，早晨碎裂的声音
在台阶上出逃
有一部分进入记忆
有一部分变成夜色
沉入早晨

想象是困难的
无形的手碰触胎儿，以致流产
陌生的楼道，天空一样萧索
所有人，宁愿倾听脚步声
越来越近，或沉默

回到代钦塔拉草原吧
那里没有楼盘，天空更高
蚱蜢出没，牵牛花漫天开放
我们在半山腰放牧的时候
一起去采野百合

草原的孩子

曾祖父，念了一辈子经
祖父，放了一辈子牧
父亲，种了一辈子田

而今，你们把我投放到世间
听从一首田园牧歌
从新鲜的早晨苏醒

我在机械的手臂里
向你们挥舞
一个丰满的草原

西风凉

西风凉，我想喝一口井水
结着冰碴的凉水
酸菜心儿那种凉

村口，荒置的磨盘
打成捆的草
半山缓坡，我想和你一起
缓缓下山

潜伏进一段枯枝
要么，烧了我
要么，让我来年萌发

透心的凉
烧成透明的满天晚霞
我，还在

我答应你

篝火点燃了
酒也喝干了
草们都闭上了眼睛

你叫一声
叫一声我的名字
我就答应你

让满天星星
立刻现身

乌兰河

绕着弯子
乌兰河，非要见你
蜿蜒的水流
在偌大的绿草原
爬出了，想见的千里迢迢
九曲十八弯

真的，那回肠百转的样子
像极了草原上的姑娘
一个跌宕又一个跌宕
千万次，把自己摔碎
再重组

一个灵魂
从此，再没有安生
就只有奔流和寻寻觅觅

一条站起来像山的河

出口成章，口若悬河
穿过城市的那条河
也是这个样子
站起来，其实这些水
也可以是一座山

你的身高
是一座山的高度
海拔，等同于蒙古高原上的罕山

我知道你从哪里来
就要回到哪里去
但你的背影
从此是一条河
叫作洮儿河

日日夜夜，在我的门前
流过

所有的诗人都见到了妈妈

这是一群成年的诗人
坐在草地上
等待星星出来

草原的酒量
是晕厥的月亮
睡过去了
再没出来

有一位诗人
用无名指蘸了酒杯里的酒
弹向夜空
就见，所有陨逝的流星
全部重返夜空

这个晚上
所有的诗人
都见到了自己的妈妈

所有的诗人

都变回了妈妈怀里长不大的孩童

舞蹈的星空

怀疑今夜的真实性
烟火，篝火，已经八月了
不见一丁点月亮
不像秋凉的人间

怀疑今夜的温度
是五十三度的高力板酒
今夜的虫鸣
都用G大调演奏
它们的酒量
也见长

我偷偷地嘲笑
你看他们所有
都在摇摇晃晃

万物都在喝酒
可惜酒量都不如我

草原与海

海岸，超越一切辽阔事物的
想象
水无极，一层层涌来，依如草浪无疆
要怎样深邃的思想，才能符合摇荡的辽阔
要怎样的摇荡，才能完成心甘情愿的匍匐

神一样笃定的蔚蓝
越来越遥远
谜一样沉默的碧绿
越来越切近
当一朵浪花接近一株小草
草原会遁入大海
鱼或珊瑚，化作斑斓的化石
草原上，那些遗落的贝壳
会把牛羊换了一茬又一茬

一种事物的两种形态
从草原来到大海

生命褪去生物的外壳
所有升华的词汇都会深入蓝色
包括所有高级或低级的生命
在辽阔中呼吸
甚至那些融入蔚蓝的烟火
和不断耸立的帆影

大海是涌动的草原
草原是辽阔的大海
大海遥望草原
草原遥望大海

宿命的狼与羊

迁徙路上，我们用翅膀彼此祈祷
从南往北，从北向南
偶尔外溢出压在胸中的呓语
随即，被山风吹熄

桃花开了又落，永不停歇
寻找桃花源的人，有的失踪
有的死去

尘世里的香灰，用燃烧表白
被麻醉的时辰
像跌倒的深渊，从没有停止
对生命的注视
折损的香炷，代谢定数

然而，我们又启程了
草原上狼群与羊群同时苏醒

草原上的无名湖

一大片蔚蓝
沉浸在另一大片蔚蓝
这样的无名湖
直达心灵

少了舟楫
湖水便少了人文主义
怪枝嶙峋的榆树
缺个婉约的亭
缺文人骚客的参与

恰恰如此，我爱
这羞怯的湖，从不示人的隐秘
水草呢哝
一两声虫鸣蛙叫
提示，还是人间

相遇阿尔山

邂逅一朵云
或是一场雨
在阿尔山
缘分是奇妙的

就像长满山坡的树
他们各有各的等待
各有各的名字
不能破译，但有人知道

感谢陌生的旅人
目光，能温暖一条街
酒香迷离了黄昏
不认识不要紧
就当邂逅
一次久别的青春

那条异域风情的街上

我们相约去哈拉哈河
之后，你漂你的纸船
我走我的天涯

甚至
白桦林与杜鹃花千年相依
都不意外
意外的是樟子松
再没有离开

我把我的影子投在科尔沁草原上

一匹马牵出浩荡
草原，还有哪个比科尔沁
离我的心脏更近
风从北朝民歌里吹来
天苍苍，野茫茫
一个你梦了又梦的草原
从你的梦里消失了

我说我爱着草原
说这话时已经到我这一代
勒勒车停靠在旅游点儿
不再游牧的蒙古人
也事稼穑，半农半牧
只有在一直还沿用的地名里
我和我的科尔沁草原
一再相遇

我的忧伤有时候就像射出的箭

颓然落在自己都说不成章的母语前
孝庄的五角枫树依然守候着杭盖草原
嘎达梅林的塑像在玉米地里沉思
我说不出我的来历
我却是草原上的一个落籽

我的呼吸里
也能生长出一片草原
我还是把她命名为科尔沁
风吹草低啊
我把我的影子投到她的辽阔里

我是一株乌兰毛都的草

鹰嘴里跌落的一枚草籽
裹挟苍天的温度
父亲般激情迅速蔓延
以燎原的姿态
树也退让着草
天际线也退让着草
不可遏制地繁衍
竟然不允许土地有一丝裸露
乌兰毛都母性的慈爱
哺育万万千千，连着天涯

阳光和雨水的爱情不是童话
而是草
乌兰毛都的草是一种传奇
若是羁旅必扑进并深深哭泣
灵魂永远不再漂泊
因着无边的辽阔的宁静

风起，草涌
在乌兰毛都的清早醒来
我是一株静默的草
渴望一匹马的咀嚼

前缘

丢了钥匙，只好守着门
等着另一个持有钥匙的人

柴门，忘记了朝代
我挽起长发，柴米油盐
炭火一点点烘烤着雪夜
我有针和线，可以缝缝补补

毛孔里，站着所有过往
没有交谈没有回头
你没有认出
你是我的良人，你曾是征夫

而今塞外飞雪
岁月变迁，丰衣足食
盛世，我们再来一遍人间
拿着钥匙，打开我唯一的柴门
就在科尔沁草原
多好

劝奶歌

漠然的母驼，望向远方
那是比远方更远的远方
她的心，飘着
失血的眼神，迷路了

从灵魂里抽取最柔软的呼唤
纯粹的，没有一丝杂质的苍生天
生命在脐带相连处，一次次起源
一次次分离

母亲啊，母亲啊
给血和肉，筋和骨
都谱上曲子，前来相认吧

眼泪从岩石里淌出来了
乳汁从岩石里淌出来了

粟

在格子纸上写字
将旁逸斜出的
收进框架
像父亲耙成的麦田
横看成规，竖看成矩
用汗水施肥，结出果实的香甜

月光照在荷塘上
将一颗心
交给澄明的天地
俯仰，都是岸芷汀兰

直线成方，曲线成圆
点线面在笔尖处拷问
白茫茫大地，干净来去
滚滚长河，浪花淘渌
沧海桑田的翻阅
此生，笑谈中
修炼为养分饱满的小小一粟

搬家

琐碎的家什装满纸壳箱
装满尘垢和疲惫
没有吆喝声
我却一次又一次
鞭打在自己身上
我是我自己的牛车

米粒泄露
一溜儿金黄和莹白
抵御虫蛀的小洞
米袋依然充满尘世的热爱
我扛起糊口的锅
它还将为我熬煮
迎面而来的晨昏

最后把门锁好
告别一段永不回头的仓皇
剪子菜刀再次磨得锋利

以便应付更难剪断的茧丝
更难砍掉的荆棘

顶着两鬓耀眼的白发
再出发
我与生活紧紧地十指相扣

寄走一片海

寄走一片海
海的情绪，呼吸样的潮涌潮退
一场旷世的等待

石沉大海
世间万物
都以水花最后一圈涟漪
收尾

但是我的笔
镂刻纸张做印记
待你
翻出海浪
闻到海水的咸

哪怕用一万年
或者更久
只要能留给向我走来的你
蛛丝马迹

落地就生根

大风摔了一跤
摔成一道沟
裹携来的种子
那些背井离乡的种子
各自安家落户

有的在岩石边上
有的在水岸上
有的太偏远了
母亲的探望都难以到达

但不要紧
不耽误他们延续的基因
长出纷繁的舞蹈
叶长的，叶椭圆的
即便没有季风前来相认
没有一滴雨是来自故乡

这个冬天

这个冬天有一段对话
在暖阳的桃唇
北风折返了
随后就送了两场雪
每一朵雪花
都忘记了自己的伤
它们急急地覆盖
每个渴望覆盖的情节
每个需要掩饰的眼神

写给珠江

在草原，我把手
伸向地平线
做起飞的样子
一不小心
竟伸进了珠江里

海平面落下
几万万年前，退潮
草原躬身抬起穹庐
如今用最古老的歌谣
唤醒

月亮在锯齿状的城墙上
穿行
从塞北到岭南
第几次轮回路上
遇见故乡的原风景

珠江收下我之前所有眺望
我变成通体透明的藻类
任意招摇，像回到久违的母体
确信曾相识

要不为何与今晚的夜色
相处
就像与自己相处
一些无关的细节
突然暗合
我双手拥抱了江面上的月光

这一次，月光也紧紧拥抱了我
投入她怀里的身影

海陵岛

一朵流浪的云
偶然一瞥中迷乱
连同一大片的蓝天
酩酊跌入你的深情

谁饮谁醉，不怨流波
是不知缘起的风弹奏起海浪
我在诗歌的魔法里复活
海陵岛所有的生灵见证

此刻，我的心灵
盛满月光
盛满风，甚至碎叶

离别前夜

这是我留在这里的最后一晚
海风吹进窗棂若有若无
时钟的钟摆后
海浪一声声叩击并逼近离别

暂且把月光谱成曲子
不知何时和你一同唱和
也许只是偶然一瞥
从此萧郎路人
也许，在一本书的字里行间
与你无数次地相逢

可以确定的，草原与海
一样的苍茫
转身进入人海
我们也变成苍茫
只是浸染了思想的月光
从此区别于昨天

窗外的大海

——写在第六届北海文学艺术活动周召开之际

我从松贝尔口岸来到
丝路另一端的码头
掏出漠北的驼铃仔细擦拭

青春里突然冰封的那个
飞翔的姿势
你呵化了
玻璃上厚厚的霜花

让我看到，窗外的大海
在某天早上启程
茶叶、丝绸、瓷器和诗人
思想和草原一样辽阔

辑二 · 静好

瘦

裁剪一个黑夜
剩下一弯瘦月
庞大的袭来的山重水复
你拿着剪刀
一刀一刀剪掉
一刀含着血，一刀连着肉

梅枝瘦，冬日的冰湖也瘦
雪花有眼睛
看清一切遁形
青山渐远
蹉跎岁月，止不住的消瘦

泅渡

你站在树下
树站在高高的山峰上

吊着的桥，晃晃悠悠
让一群人泅渡
到另一群人所在

更高的山脚下
腐朽的树木被葱茏遮住

我换到了你的座位
像你一样

听从一朵鲜花代表不同意义

接近

拾阶而上
接近更高的虚幻
看见宇宙
回到一枚滑落的星子

谙熟的口诀
打不开那扇紧闭的门
有时候
讯息难以传递到
那盛放的伤口上

晨钟暮鼓
一声声，没有含混
一朵花分娩
伴随一片叶子
静悄悄地陨落

飞鸟的翅膀

拖着一条挣断的线
雨水积满了
母亲叮嘱过的路口

所有的飞翔
原来都为了俯首

爱你

爱你
星星隐身
只剩黑的夜空

爱你
飞鸟翅膀的影子下
独行的蜗牛

爱你
划伤的皮肤
站立着黝黑泛红的血痂

爱你
喑哑的嗓音
让你和这个世界同时历尽沧桑

影子

我喜欢收藏影子
花的影子
河的影子
一只虫的影子
甚至一面墙的影子

每个清晨投放给阳光的影子
都是投放给人世间的梵歌

走着走着
我踩着的影子
有些与月光重合
有些在街角变成了风

而我
是影子和她身后的秘密

目测

目测，一座桥的距离
此岸到彼岸
就像河的左岸或右岸
隔岸相望，是一丛柳絮
漂泊在你的流波里

有一天在桥上相遇
岁月很轻地进入风，我很轻地寄托云
你回头目测，我的来处
你的去处，我和你之间的距离

立秋

明媚的样子
像女人的小跟鞋
从一段甬路
敲出裙裾、项链和爱情

某天的清晨
大面积的苍凉
让你清醒地认清
下一站的站牌
秋菜市场，或者
一片黄叶

嘴角的微笑
更加安详
立秋
越来越像我暮年的母亲
历尽沧桑的脸庞
那么轻盈

真相

三十年没见面
音乐，深情地搅动水面
此时，我们都沉默
盯紧一只杯子
啜饮着
与绿茶一同浮沉

当下的微笑
都是劫后的死鱼
与眼神并不同步

清水芙蓉
婉转成叹息
剩下的我们
更像喝淡了的绿茶

秋禅

一切以静物的姿态俯首
因着果实缀满
或因着西风来袭
万物低语，一些谦卑的词
和格桑花连着天际

人生无限斑斓
秋披着金色外衣走来
还以一轮满月相赠
瓜果繁盛，残枝败叶用死亡
迎接秋风的仪式
虽猝不及防，在一夜之间裂变

只消一片叶子，用来证明
一个季节，高潮即结局
就像一些事物死去
是为了一些事物重生

深入花朵里的凉，一头连着繁盛
一头连着荒芜

表情

暴雨后一只蜗牛的去向
秋后的蚂蚱和蜻蜓的命运
甚至一只苍蝇或蚊子
浩大中裹挟着微小
神经末梢触摸的秋凉
会听到暗夜中的低鸣
墙角收回三寸
让出泥土底下的蠕动
风中的喘息
卷进黯然搁浅的残骸
无边的堆积或涌动
浩渺的神秘或深邃
我听到，万物的清音
……
时刻上演看不穿的真相
绿皮火车横空出世
载着许多烟火穿城而过
一些表情，星辰参不透

烟火之外，世纪光年穿梭而过
每一个小小的生命
都在看不见的光阴里
慢慢泅渡

尘埃

尘埃飞来飞去
其中有蝴蝶状的
有莲花状的
有陀螺状的

脚步走过，或风吹过
它，流转随波，漂移不定
你若不惊不扰
它也安心落定

我是马蹄溅起的那一粒
力的作用
让我，旋风般
在阳光中，浮出尘埃

椅子

她的前身
是一棵绿绿的树
茂盛的青春
与月光共饮
与风跳舞

如今她是一把椅子
沉默着兀立
一次次的重压
终于变成松散的骨架

明天她将被扔进垃圾堆
或付之一炬
“岁月啊！”她叹息着
忆起她曾是一粒破土的种子

无花果

我在一颗种子里
等你
夜一般
黑的土壤里
只有死寂、沉默和漫长

穿行一切苦厄
在第四季冰川
一株不开花的植物
穿越茫茫人海

仰着脸笑了
笑了也不能用花朵表达
可那有什么要紧
如此幸运啊
你是我此生结下的
唯一的果

我与“我”

我的左手
与我的右手
暗暗较劲
我的大脑向我的心灵
瞄准，扣动扳机

尘埃覆盖了我的印记
我找不到时光里，剩下的东西
我觉得我很难回首
与自己断离
即便挥刀，斩断，没有犹豫

重新起步，不再回头
我赫然看见
那个被斩断的自己，带着伤痛
从我的身后，绕到前面
与这个我
合二为一

涉水者

当初，我们都是涉水者
我们离天空太远
离水很近
只有浩荡的水
能盛下浩荡的天空
所以，天才近在咫尺
真实得仿佛能走进去
我是这里的王

如今你真的去寻找天空
用手捉住云彩
你不相信头顶的和倒映的
是同一片天空
你膜拜真实的存在
涉水而来，手里空空
却拥有一片荡漾的天空
它在地上，却仿佛在天上
领受命运

低着头

那么多低头的人
赶路
防止风吹，迷了眼睛

低头的马儿，缰绳牵引着水草
低头的糜子，在一天天挨近收获

在摇篮里，母亲一直
低着头看我
低着头的母亲，好美

我时而抬头换口气
然后一直保持低头的姿势

人之初

痛，尘世在暗流中涌动
旋转的物体，纷纷起舞
理想在颠簸里淘渌
血色的力量
催促世界接纳响亮的叫声

泥制、木制或者陶制
制作我的神仙
一定眯起眼睛
思索着
如何发挥想象
突出我的缺陷

我也想给你一次尘落的机会
搭建起骨架敷上血肉
捏造出五脏六腑
……只不忍心点化你的眼睛
怕你看清了一切

一幢楼

一幢楼的东面
传来弹吉他的乐音
一幢楼的西面
传来剁馅儿的刀俎声
一幢楼的南面
传来婴儿的哭声
一幢楼的北面
正在安息一个老去的灵魂

一幢楼
正好装满一艘船
无边无际里
上上下下，纵横突围

二元论

给一块铁注入轻
给浮木注入重
给素描涂色
给苍白注入血

三杯两盏淡酒
用来抵御八面的风
看见李清照独自飘洋过海
思忖项羽不肯过江东

翎羽鸿毛
泰山封禅
用生命不能承受之重
托起不能承受之轻

爱上八月

爱上八月
源于果子的一声吼叫
生生将自己砸成重伤

月光贪婪
把山野、房屋、树林、草地
卷进苍凉

一次忘我的拥抱
一次繁华落尽的荒芜
足够辉煌我的一生

现在我在火炉旁
挨着过冬的树皮
孤单的一颗心
一直保持在
落地砸裂的那一刻

人在旅途

夏天在一粒露珠里诞生
晶莹着某一天早晨
暑热捞起残局，卷曲的叶片
正把白天变得漫长

有一列火车驶过
汽笛和站台，刻入梦境
那时，我像一株盛开的植物
苍翠而不安地接近生活
接近愈来愈苍老的烟火

明月照进窗口
尘埃落定，清辉洒满远山
那些后退的事物，多像
一个人的经历
不断告别

花瓶空洞，若苦苦冥思

那个趿拉着鞋子下车的人
成为另一个屋子的主人
一盏清灯，几点烟火
像水竹填满瓶口

凌晨两点钟
两根铁轨闪着清光
汽笛进入梦境，穿过你所在的城市
一轮明月，在远天
映照出无数江湖或溪流

黑夜与井

有多少个黑夜
就有多少个跌落的井

有时同天上的明月
一起掉入井中
明月企图捞起我的身影

有时我同井底蛙相遇
发现，嘲笑
是一枚反光镜
人们看不见
镜中的自己

有时我宁愿待在黑夜里
与一口井
并列成一双眼睛

酒与朋友

像样地喝杯酒
一口干掉那种

像界河那样分明
我若是挥手
所有的音符都戛然而止
一兵一卒
都不会在你的领地
羞愧地进攻

我不是设计师
内心里却有张图
我画的崇山峻岭
我画的小桥流水
我画的田园牧歌
有酒，有觞
还有无比挑剔的对饮名单

轻歌过后

依次亮起了灯笼
又依次灭掉
选择恰好的花开来触动按钮

一只改写程序的手
拨弄时空的位移
那些空了的椅子
说着一些喃喃的话
芨芨草眨着应和的眼睛

仍是当年的那枚月亮
那些浮沉的语言
长出青苔和诗句

原谅我不再去打开那个季节
轻歌过后
我加入了蚂蚁的队列
成为中坚力量

在一首诗里蜗居

我与藏进抽屉的半截蜡笔妥协
与留了折痕想要续读的书妥协
浩浩荡荡的热闹渐入尾声
扶着枝头喘息的牵牛花
血管硬化
一只蛐蛐躲在门后呼救
缘于心力衰竭
心事重重的蚂蚁
冗杂的心事拖长这条街
曾经夜半里轻盈蹿跳的生灵
如今是一只中老年的猫
主演了春夏秋冬四幕剧
参透喧嚣后的沉寂
一炷香里看世界
所有的搁浅都是待续的文章
未尽事宜，与夜色长谈

在一首诗里蜗居吧

生命仅有的无霜期

画一扇窗子

映一轮明月

高出云端的耸立

拉开窗帘，放进来一声鸟鸣
书卷被风翻动
涛声是最动人的诱惑
走向大海
海鸥，高一声低一声
将我们的一生速写

走，跨过所有界壕
绝不迟疑，用一次恣意的笔墨
向余生交易
一次高出云端的耸立

垒筑一个自己

一个偶然的静立

荷的意象
在寻常巷陌
笔直耸出尘世

穿透屋顶的雾气
在另一个高处行走
一刀一砌
一斧一凿
一吸一呼

垒筑一个自己
有时候，一生都不能完成
有时候，只是一刹那

拔高一个潦草的灵魂

一想到重重山峦
重心就一脚踩空
就像洪水袭来
蛙泳，蝶泳，甚至狗刨都不会
一个赤手空拳的我
身无长物
被拖进世间
赋予人的形状

努力学习直立行走
前倾，后仰，气喘吁吁
学习了半生
好像仍没找到
一个可以稳稳妥妥的姿态

昨日学着开花结果
而今渐将枯萎
却因为一个透彻的思量
拔高了一个潦草的灵魂

驰骋千里，驭枯黄而来

我无能为力，北风割断长调余音
肆意行走在房前屋后
它会掀门进来
或者，卷走窗口灯光

雪深，夜更深
风在吹
慰藉生命的炭火
挣扎升腾
高一声低一声
丰盛的痛苦与欢乐
钵满瓢满

而后杳无踪迹
而后永远静谧
就在那里
来没来过无人问津

往回读水与火
锻造的九重天
你的凉薄，如此浩瀚
可我还是想要
驰骋千里，驭枯黄而来
馈赠给你
一个果实拥挤的凡间

我最爱的炊烟

从一截树枝根部点燃
一锅新鲜的水沸腾

开始，都是这个模样
有具体的时间、地点和情境
燃点很低，低于生命的纬度
以为一个坐标
左边永远是出炉的烤肉
纹路和质感
与刀锋交错生辉
右边永远有四胡和呓语
声音，都长出了敏感的触角

脚踝，擦过荞麦的花粉
缤纷过后
墙头一撮草
与一匹马
已经站立出霜雪

掸落余烬

袅袅炊烟

谱出同样波长的震颤

以与几案上的鱼肉

同样强烈的理解

给这个多维的世界

献上一首滚烫的诗歌

草有它的七月

那是它的诗歌

我有理由深爱

所有的草木一秋

深藏在油画里的秋

落叶铺满荒径
蜿蜒通幽，仿佛在风中
有歌声隐约飘荡，隔世的谙熟
今世的陌生，那些鲜活的老去
就像一段旋律，进入另一段旋律
旷野的回声厚重、成熟

碧波藏起一窝窝笑靥
流淌，可以静寂无声
如果不是秋虫，喃喃梦呓
惊扰时光，有雨或无雨的日子
都不再适合
和盘托出，几朵酝酿充分的云
风过后，擦亮天空
露出更深的蓝

此后我的深秋
收藏在一幅油画里

学会对习以为常报以感恩

拈起左臂上的余温
我们都被一个季节深爱过
什么样的歌声用来抚养青草
多想用日渐稀疏的荒原
承载下一个丰满的日出

谈笑风生的你
这一站就已缺席
印着你的脸庞的那些露珠猝然零落
所有人，或者觉察
或者装作浑然不觉

那些举目里无极的天涯
随时现身成边界
一个个背影提示着人间
学会对习以为常
报以感恩

用一块泥土安身立命

我需要一块泥土
用来安身立命

丢失的一串钥匙
允许它打开尘封的门锁
渔夫捞起瓶子
歌声过处，一片诅咒过的颜色

潜入河床下面的冰凌
潜入蝉鸣最后的喑哑
允许我踮起脚尖
允许村庄长出炊烟

如果院里的沙果，一树花开
你拄着锄头，向我微笑
允许我丢盔弃甲
允许我蓬头垢面

长久地怀念一棵树

我这样举目张望
触及了一棵树的神经

奔驰中霍然勒住缰绳
你苍老的须眉漫天招手

那些再也不能触及的手臂
都在这丛中挥舞

万籁俱寂
冥想，复苏，还原
我确信你还可以认出
一个鬓生白发的少年

在你的树龄前
我和那一段岁月
都不敢老去

扮相

花火社这个名字，天然吸引我

行迹无束的小鸟
在我的面前眨眼睛
我惊呼我们彼此贴近过

各色的菊花开遍花市的时候
我们隔着彼此的笼子对望
不知谁是那个被怜悯的人

今天，我原本抬起胳膊
想要送你一个招手
想了想，还是作罢
没有风会在手势里成就诗意

花火社外面的台阶上
坐着我
我装扮过的所有扮相

此刻都脱离了我
正在那些大街上
匆匆走过的陌生面孔中
交错呈现

海的世界

一只鸟，横渡波涛汹涌的海
风向不断在变
翎羽单薄，心脏的射血分数降低
嘶哑的鸣叫，瞬间被浪花吞噬

广大的无边的水域，无数水滴
摔打成粉末，再恢复原形
空中，水鸟的嘴里叼着食物
水鸟的孩子，欢愉待哺
水面，鱼儿的葬礼它的父母无暇顾及

海底两万里，一只小虾逃生
另一只，不幸落难
修行出外壳的那些水生物
有的能吐出一粒珍珠
有的，还是不能

一杯茶水

一杯水，从来就是那个样子
来自山涧，清凌、无色、无味

装进杯里，成杯子的形状
装进碗里，成碗的形状

品茶的人，多是经验主义
调动眼睛、耳朵、舌头

一杯水升华为一杯茶
需要一百摄氏度的开水，煎滚

自己的盛宴

一场盛宴，化装舞会
弄翻了一杯酒
踩了对方的鞋
翻墙而过的身影
绅士模样的鞠躬

扑朔迷离的灯光
不必清晰的认知
有多少从陌生再到陌生的
亲密相聚

每人都在企图画好
自己的盛宴

宁可微火而灭

一簇微火，似燃，非燃
贴近地面，长宽高不足三寸
风大，窒息
无风，自熄

不要烧到满山老树的修行
与新草
不落草为寇

奋力一搏
照亮短短的一瞬

宁可，微火而灭

孤独的世界

疾驰而过，穿林的风与你无关
飞鸟落下的羽毛与你无关
那些流星，摄入镜头
肇事者与惊心动魄
夜行，呼啸的救护车、消防车或警车
与你无关

尘埃四起
雾霭，每个枝条的拥挤
都与拥挤的丛林无关
挣扎的烛火影影绰绰的街头
觥筹交错，灯光迷离
我与你的哭泣擦肩而过

抵达神秘的高度
匐进最低的尘土
你的呼吸
与湍急的银河

涌起的看不见的细浪

无关

俯仰之间

等我终于在屋檐下垂下头来
请原谅，但愿还没太晚

我曾在枝头鸣啾
用鸟的视角解读了世界

向所有矮小的植株致敬
向匍匐的、迟钝的、残缺的
鞠躬

用路灯下那一小块暖
慰藉一片落叶

新鲜出炉的春天

我对蚊子
天然有吸引力
我的疤痕体质
提醒人这一生
即便老实地退守
也难免遭遇偷咬一口

直面月缺花亏
揭去血痂
另一个春天
在皮肤上新鲜出炉

感恩

平复一次暴雨
掏出空前的蓝，慰藉
折损的梨花

听它的喘息
抚摸一把戴月的禾锄
土地善于平复所有尘落

聆听一次花开
受戒，一次大地挤出的浆汁
感恩中匍匐下来

无解

一只苹果的蛀虫
攀附甜蜜的时光

碗的瓷肌
隐藏不易察觉的裂缝

一只羊的眼神
弄痛不明就里的少年

趁着夜色未央
我们还有时间做个梦

默许

随后，我给你寄去晨风
山花开了，约了三回
都没有去成
桦树街，从这头到那头
就没有尽头
这个梦，我从没说给你听

我不会说给那些开得惆怅的夏花
也不想从干枝里挤出凌寒的气势

浅山丘陵，漫无边际的游荡
我一直都
向往着，一次开得兴起的杏花里
得到一个无期限的默许

九宫格

单腿独立
腾挪踢踏，突破条条框框
追逐着一个口袋
把它送进
唯一的入口

一场游戏结束
口袋里，其实就是一捧白沙

乞丐

截断的树桩上
憋出新芽
斩断的蚯蚓
依然再度游走生活

那些和我一样的人
正襟危坐，讨要生活
每一个淬火的灵魂
都伸着手臂

我看到满大街走着的
光鲜靓丽的
其实都是——乞丐

亲缘

一颗乳牙的形状
虫嗑过，有黑洞

从一颗牙到
一棵扎下了根
开枝散叶的树

中间的关联
是细胞的排列组合

能从另一张脸上
寻找到自己的眼睛、鼻子和嘴

这世界
总让人莫名地感激涕零

雪不会告诉你真相

有一种称作花的东西
不生长，不结果
没有枝蔓的纠缠
最终极的拥抱
是融化

从开始就预示着走向幻灭
高处的爱，带着深冷
从天空坠下
温暖的怀抱是它的墓地

没有人会告诉你真相
在千丛万朵中
如何辨识出我今世的模样
小心翼翼地坠落，化作你衣襟上
一洇水渍

问

水煮或是油炸
都是走向成熟的路径
没必要僵持
作为一粒花生米
你溅起的浪花一朵朵
在别人
是静观火候
在自己
却是追求一句声名的壮烈

人生

街市，茫茫人海，人流如潮
商铺林立，花花绿绿的招牌
穿行的车流，有剐蹭
交警正在处理事故
摆小摊的在立交桥下躲躲闪闪

每天跟每天一样
同样的街道，同样的拥挤
有时候，有鞭炮响起
或结婚，或庆典
有时候，救护车呼啸急驶而过
有时候，灯火阑珊处有人烧纸
有人从小酒馆出来
三三两两搀扶彼此的醉态

路人甲乙丙丁
都是匆匆过客
在自己的故事里扮演主角

悲怆或喜悦
就像墙角的花开
似乎没人看见，不曾理会
但它没有落下任何章节
一集一集，已经开过
自己全部的一生

此时正是时候

伸出枝条把叶子递给秋天
季节在循环往复
流水却再也遇不见那条船
落花，霓裳，还有杨柳依依
《诗经》里我们是男女主角
我在浣衣你已出征
雨雪霏霏
我们长久定格在三百首吟哦里

远山聆听一条河的走向
亘古不变的守候
阳光缀满河岸
芦苇随风摆来摆去
一丛静寂里行走的苦荠
已经独来独往无数春秋

我们相约一起重回人间吧
此时正是时候

秋风辞

秋风紧，我已如约站在风口
找不到一个词语
用来抵御风寒
也无法向一张白纸
索要逝去的光阴

一粒尘埃
在一个静静的午后
静静地飞扬
此刻，我比一粒尘埃更像尘埃

时光磨起的毛边
码上精美的刺绣
看破风霜雪雨的真相
依然爱这烟火缭绕的生活
爱这尘土飞扬的人间

在向日葵的花蕊上曼舞

今后我愿做个语气助词
将高亢的、低沉的、欢乐的、悲伤的
都轻轻地缀上尾音
像安抚的符咒

不断战胜严寒
打破壁垒，接近光
将茧丝织成桥
织成翅膀
一颗心走向另一颗心的迷途
等风驱散雾霾

泪珠可以打磨成叹词
冷硬的句子，浸泡成花籽
荆棘如藤萝般柔软
在向日葵的花蕊上，曼舞

五线谱

阳光的光线是整齐的
白昼和黑夜界限分明
四季的轮回秩序井然
包括什么时候有雨，什么时候有雪
什么时候可以邀约明月

唯有其间的我
常常凌乱
在排列组合的周期中
无章可循，很像琴键上的豆芽
生长在时光的不同位置
发出各自的声音

成长日记

在土里，在火里
在箱子的底部
生命里一道闪电
烧焦了兰草香薰的茅屋
纯真蒙难
三月的芽孢夭折

青春在信念里葱茏
一个平凡的石子
也能镌刻永恒
我们把心中的钻石
镶得满天都是

那是什么时候的事
隔壁的爷爷奶奶
笑着摆手

平行世界

它来自楼兰的废墟
抑或农家的牛舍
它有一双翅膀，却不是天使

夜半，一只蚊子，造访我的房间
它用很低微的声音叫嚣，游荡
我甚至看到了它的眼睛

仲夏之夜，它是我的过客
我是它的过客，我懂得它
它度我涉水

今夜，我整夜在同情
同情这一只蚊子
我甚至看到了，它眼睛里的泪

当一些事物以一只蚊子的形式存在
它只能进入潮湿阴冷脏臭的地方

它微不足道，居然是尘世间会呼吸的生命

它不知道自己是只蚊子
否则它不会选择做一只蚊子
它羡慕鸟或蜜蜂，自己只能卑微地飞翔

我不会翻身坐起
尽管我可怜的睡眠，已经不胜其扰
在它狎昵的嘤嘤中，我分辨不出笑声还是哭声

我默然紧闭双目，连呼吸都要屏住
我回忆起这之前许多时候
我是如何轻易夺去它的生命

今夜，它为吸血而来
上帝创造它，就是要以吸吮鲜血生存
那些被纠缠的人，证明都顽强地活着

灯亮，它销声匿迹
灯灭，它狡黠现身
它有智慧，存在即一种惩罚

尊严

我的对面走过来一位女郎
她身上的裘皮大衣
闪着油亮而高傲的光
显出我布衣的卑微和本色
交错的瞬间
裘皮下扭动的臀
仿佛那些失去皮毛的动物
疼痛扭曲的身躯
他们流着泪
想要回自己的呼吸
想要回自己
跟人类一样
只此一回的生命

月夜

这个月夜
从另一个月夜里分娩
掐指算算
中间隔了一段华发
半生炊烟

四月羸弱的叶子
记载初逢
本欲诠释
春的生动与夏的蓬勃

谁料
未修炼成雨
却化成一片云
飘走了

那日，我也是如此向你举杯

那日，我也是如此向你举杯
善感的月亮掩面而去
时间，木然地潜行
冷冷逼近揪心的剧情

烛影，挣扎着跳跃
预示着该发生的一切
我们束手无策地往后撤退
一饮而尽，然后天涯

哪种酒可以一醉千年啊
哪种梦可以一梦不醒
我们该借助怎样的力量
才能救下那半路被劫的诺言

所有的景色逐渐模糊，暗淡
极度的浓醉裹着极度的清醒
最后一望镀亮了黑黑的雨夜
镀亮了以往所有的隐藏和疑惑

那时候，会是什么时候

那时候，会是什么时候
时空早已另设了布景
挥别后，山重水复
碾压了渐次微弱的呼唤

那时候，会是什么时候
也许街头偶然一瞥
也许会在拥挤的车厢里
也许雨中奔跑意外的相撞

也许就是这样
永远在你的期盼里凋零
却在你的不期中
突——然——盛——放

生命之约

但愿掀过最后一页表情
月亮还原成最初的模样
日子成串地挂在屋檐下风干
眼泪退回最深的源头
黄昏里曾并立的剪影
将是生命最美的陈列
虽然淡淡云雾淡淡风
不过是一次平凡的相遇

但愿缘分
可以密封成一坛陈酿
为几万万年之后
再一次的生命之约

五月

垂帘晃动是风的心语
炊烟袅袅是火的道白

草房，记住岁月的回声
那些荒芜，穿透记忆
在遥远的山道上，开出明丽的花

不经意的一瞥
流萤样的歌声
在白昼的赤光里
越来越远

轻描淡写的风景画里
似有似无的背影
是你
抑或不是

五月，满城杨絮

你懂即懂

不懂也好

时间的桨划过地平线

从年轮的最外一圈涟漪
向内核靠近
隔着很多时光

一些追问
带着天空的颜色
深入水底
打捞幽深的沉积

源于一粒种子，或一颗心
可以无限接近
却无法顺利抵达

时间的桨
已然
划过地平线

雪花的眼睛

伫立雪中
与一朵雪花，附体
雪花的眼睛
高处高于天空
低处低于尘土

雪花开口
需等待月光
这种机缘，极少
多数，都在阳光下
一言不发，化了

昙花语

我原是积蓄了一生的期待
只为了在我最美的时刻见你
为了见你我发芽、抽枝、打蕾
不哭、不笑、不语

可我
明明是等在夜幕中的啊
为何
你踏着朝露而来

原谅我吧
在萧瑟的风中
我原是
易凋的那一朵

脸谱

我看见你，你的眼睛
望向空洞
没有反射
径直如光线的终点

可是我们终究是凡人
我们终究会望到一些实物
天平，在心里
会称量实物的重量
就像称量一颗心

本真不在脸上
内心会长出触角
抚摸目光所到之处
简单会走向繁复背后
另一个层次的简单
倾斜的坡度
识破红尘中多少脸谱

夜宿淇河

面对你的滔滔不竭
我羞惭得想就此隐匿
横渡你的江河
我得饱读多少诗书
拿出一吟泪流的无数次回眸
感恩一条河对浩荡诗歌的养育

我不敢自称是诗人
却整夜临窗凝望
泥土和星辰都是凡夫俗子
芸芸众生各自氤氲
唯呼吸与诗令我落泪
何等机缘啊，盛世人间
赐我这番似曾相识的山河
赐我眼前如梦如幻的灯火

与光有关的事物

阳光、月光、星光、灯光
与光有关的事物
务必在高处
像明镜高悬
让猥琐、阴暗、潮湿
蒸发殆尽

有多少夜的黑排山倒海
即有多少昼的白前赴后继

放低，再放低
让一切光，再从低处照进
自然，没有了影子

诗天下

领略一场雪，可以站在高处
千里万里江山尽收眼底
雪未化，你就是王
你君临天下，万物上朝

商女悠悠，走失在荼蘼丛中
朝歌夜弦，远山与近水相顾无言
淇水，流淌着穿过更迭的朝暮
一流，流到我浣衣的村口

诗歌是我的朝廷
让万物俯首称臣
我也不再是商女
是这个庞大的宫殿
唯一的主人

诺言

昨夜那残忍的结局
今晨仍滴着鲜血
是的，某人
挥泪执刀
切断了一条河的走向

越过血躯的羁绊
派遣诗句前去探看
善意的蓄谋里
遥远的北方草原
一朵一朵
开出幽紫色的诺言

把一杯酒敬给有趣的灵魂

把一杯酒敬给有趣的灵魂
执着于让一潭水回归水的本质
许多路人，把苦苦找寻的景色
遗失在睫毛上

夕阳最后一眼眺望
慢一拍的节制
提示垒砌的城墙
后面站立着
不时扇动的眼睛
拖着的缰绳后面
无限可能

继续在磨刀石上修行
承受锐利的拷问
并坚持把一杯酒
敬给住在心里的那尊

一瘸一拐
也要站起来诠释
我直直地站立
如此不可或缺

一个身影与光的依存

月光像那天一样
肆意剥夺了
一棵树懵懂的权利

撤掉梯子
彼人在房顶上
一边在光线里伸展
一边在影子里蜗居

谁能摆脱
一个身影与光的依存
我穿着蕾丝花边的裙子
影子一直在它周围
旋转

闲云惊醒

仰头，看月，看星，看斜阳
一束光，从隐秘而伟大
隔着历朝历代
箭镞般，密集射中一汪河水

那是一些有颜色、有芳香的女子
与那些节韵重叠的诗句
跳跃出来，一朵，一朵
又一朵
与岸上的土
一寸寸，靠近，依偎

杨柳折成鸣笛
折成一别两伤的煎痛
艾蒿过膝，多少眺望
折损在某一个凌晨之后的
无数黄昏

今天，我只身前来
一寸寸，抚摸你的凌波
一寸寸，揉捏你岸上的泥土

我化身，一只鹤
挽起淇河飞翔
无数被浪陨逝的闲云
惊——醒

人间冷暖

桃花的笑，李花的闹
奶油蛋糕上蜡烛勾勒，光的抚慰
糖心巧克力竭尽了它的甜
深入水底，捞起一片帆影
花架撑起
蕾丝装饰的落地灯
一段时光，或明或暗

一切与黑夜有关
我都爱，像四月的草芽拱出地面
不怕，风吹雨打
生长不会停下

我祈祷，有人将你
涂得更深更浓，像夜的本色
在最暖的橘光里
相爱
蜻蜓，追着荷尖的锋利

我恰恰担心微风，会熏醉
那些从不设防的鱼

感谢给予我冷，秋凉
荷尖下
荷叶是硕大的舞台
月色的清冷让纷繁清晰可辨
我正在挣脱，缓缓贴近灵魂

邮寄

汽笛声开启某一时辰
我们在邮寄的路上

素色的棉麻
罩住一个不善表达的瓶口

世间更多的是面无表情
我们偏偏沉浸在分辨中

酒醉了
雨停了
寄走或者寄回
都像这个下午的问候
缺少一个理由

告别

料峭的风紧拽着冬的袖子不放
季节的轮回早已有了注定
于是照旧演绎那心照不宣的结局
并以一场雨夹雪做了最后的告别

决不能有所期待了
不能期待破土
不能期待发芽
尽管所有的蛰居已渐次苏醒

嚼碎并一一咽下吧
如果连重逢也是一种奢望

也许

也许永远
没有那么一天

有些泥淖
无法长出莲子

有些河流
无法汇进大海

也许应是一束
无须署名的玫瑰

开放的是幸运
含苞的更深刻

聆听一朵莲的呼吸

从一片莲叶滴落的时光
倒映太阳和月亮的碎片

光年丈量着遥远的距离
不只是一枚星子到另一枚星子

擦亮瞬间隐去
比天体宇宙更加永恒

蒸发成云或凝结成雨
时光附着成万千姿态

浑圆的光亮里
所有事物反射，或者折射

静静聆听，一朵莲的呼吸

致敬辽阔山河

这个雪天我置身荒野
山隐去棱角，河也遁迹
一望无际的静穆
一望无际的高低错落

致敬山亘古不变
致敬水绵延不绝
致敬这些雪
平静安详，冻成冰可
化成水亦可

致敬所有的存在
包括这野外现在唯一的我
和偶尔飞过的鸟

致敬
目之所及
目难以所及

除夕夜

我曾从一场雨里退出红尘
今夜重返人间
隔岸观火，又置身其中

上百种声音在蠕动
上百种可能在萌发

只有一双诡异的脚印
穿越每家窗棂
从最后一个笔画的收尾处
温情注视，这个我爱的人间

祭祖的火焰
攻陷围拢来的黑
爆竹声，适时点燃了迎新的钟声

极尽隐蔽的一朵
牛栅栏的角落

泥土里小小的植株
即将撑起一个春天的蓬勃

期待，人心复苏

像一株草那样修行

一株草，从没有腾空而起
做了一株草
就把双脚埋进土地

就算一颗心
飞翔了九重天
也要把自己放到
春天的最低处

稍后，你就会来

落下，一只举起的手臂
道路拉开了长度
烟雾里行色匆匆
信笺飘走，诗句留下浓郁的痕迹

不相干的两条街
行人、路灯、街边树和藩篱花
灯笼扎起门庭
岁月自顾自地峥嵘
每个人都会穿越，谈笑声
露珠眷顾清早的裤脚
昨天我是行人
今晨却来送你
荒芜的院落
盛满了月圆月缺

我升起的手臂
燃起袅袅的炊烟

一直会烟雾缭绕

稍后，你就会来

光阴的故事

飞鸟，光顾院落
三五成群
窗内，爱着它们的眼睛
几度看过雪落无声

鸟鸣，喧闹起
空寂，锁住锈蚀的红漆门
今天有独自光顾的脚步

所有静物依旧
除了那棵已经高出屋檐的老树
试着还原那个下午
嬉闹过，追赶一只掠过的蝴蝶

飘得太远了
远山一样邈远
只是不知道
赶来落在枝头的飞鸟
此刻，是不是特意

不再押解回去的星星

就在今晚
黑夜，放出来满天星星
它们好久都没这样自由了
脚镣和手铐
不是罪犯的专利
我们也这样
甘愿一直禁锢着手脚
以及捂盖住我们心里的星星

生怕成了自己的罪犯
我们如此循规蹈矩
顺从皱纹
顺从白发从鬓边生出
就连掌心里画好的笑脸
都攥成了握紧的拳头

今夜，我们也放自己出来
心脏本来就有火的形状和温度

包括它的跳动

岂不是一跃一跃的火苗

我们与这团火

不再熄灭

就像今晚这些

不再押解回去的星星

愧对万物

理屈词穷，当我面对我的索取

我要把第一个鞠躬
送给水、空气、食物、衣服……
更要深深鞠躬，给
猪、牛、羊、鸡、鸭、鱼……
今天，我也要向你鞠躬

我不得不用手捂住脸
一个消息密集的季节
我只读懂了阳光和雨雪
农人的朴实和汗滴

那些站立着承受过炙烤
和暴雨抽打的稻子和谷子
它们的疼，像它们的母亲
从没有一声呻吟，传出过土地

镰刀，或更锋利的机械
那些毫无恻隐的收割，烟火，烹饪
那些瘴气中丢弃满桌杯盘的扬长而去

喧哗掩盖住屠宰的惨叫
惊动平行世界里那双冷峻的眼睛

心安理得领受天地万物
羞愧难当，我属于人类

红纱巾

乌黑的麻花辫
伴生一抹美丽的红云
飘荡在青春的羞涩里
是我不可或缺的信物
门前的柳梢
山后的林子
清脆的柳笛，吹出
一树的新绿
黄昏失约，强烈的色彩
燃烧了那个蒙昧的年代

过时的信笺
带着八十年代的体温
被放进樟木箱的底部
一部折叠的爱情断代史
留下太多的叹息和泪水
颈部的一抹红色
一直拨动着内心的隐痛

远方，那个摇动手臂的人

是否抓紧飘荡的丝巾？

缘

你在苍茫里浮现
我在邈远中隐退
多少，险象环生
我终究一再投胎

痛过

痛过，一棵树会流血
以开花的方式

痛过，一条河会了却
以断流的方式

痛过，一座山会摧毁
以自爆的方式

痛过，一个人
会开花、断流、自爆
浴火而重生

照相

往左一点，对，往左
过头了，这把往右
好，坐直挺胸
下巴收一下
微笑，保持微笑

咔嚓！

辑三·风烟

思念

天空倾诉的方式
远行人最懂
走出千里山川
雪花随行千里
母亲的牵挂绵延千里
幕天席地的思念
是云朵承受不住的重量
纷飞的雪
挤满窗口
灌满春风一壶
回家的路
在风的尽头打开
我把雪花的六瓣
裁剪成，心中的六道轮回
除夕的钟声敲响时
母亲，我向苍天祈求
一缕炊烟
一声唤答

父亲与草原

如果有半亩地
我种荷塘
我要引来月光和蜻蜓
如果有一畦地
我种蔬菜
作口腹之用

可是父亲
有巴掌大的地
他也希望种上草

有关于草
父亲一提起就流泪
他说是草原养育了一代代
他说祖父扬起马鞭，草就闪到两边
他说那个灾荒年月
他能辨认可以充饥的种类
他驾着马车搂草

还能给童年的我找到斗鸡的弯弓草

父亲坐着摩挲着草叶
像摩挲着从他身边流走的岁月
他能听懂一声声虫鸣里的乡音
谁也走不进他与草单独的交流

我们这一代人
已经不能理解父亲
与草原的
依——偎

杏花落在母亲乌黑的头发上

母亲养鸡养猪，还是单位的业务骨干
管劳保用品，一双手套都没拿过
对自己的洁身自好
她常常津津乐道

冬天一大缸腌酸菜
一两缸芥菜
夏天满园子果蔬高低错落
这个开花那个结果

如今我常常走神
我看见母亲坐在小板凳上
俯下身子，刷缸，下酱
一两朵杏花，落在她乌黑的头发上

母亲唤出的乳名

她翻开雪找到春天
庄稼和孩子
这两样都一点点长大，被收割

一条抛物线
生命的姿势
没有哪个青山
接住了夕阳

行走的铿锵
是枷锁的回响
只用缄默才能抵消

母亲唤出的乳名
是这个世界最后一个童话

我的身上携带着雨

八月末，天连续呈现灰云
雨一会儿悬挂在上面
一会儿忍不住
跳下来

白桦的缄默让人心疼
还有他手挽的杜鹃
湿漉漉的样子让我想起
许多场雨

我这半百人生
赶上多少场雨
骤雨，暴雨，丝雨，阳光雨

我湿漉漉地行走
别人看不出
我的身上
携带着那么多的雨

爱上人间

午夜，挨近所有虚无
空荡荡的街头
已经掉光了叶子的树枝
一切浮华都回归到本源

驿站，是一首长诗的标点
一切把酒言欢
都葬身在月圆之夜
时空猎人的陷阱
由浅入深
而后由浓变淡

无非都是
穿林而过的风
最初的样子
和最终的样子
中间隔着
阳光、花开和鸟鸣

想念旧居

揭开温情的面纱
一枚走向残缺的月亮
变凉变冷
我正在沦落为清凉大地上
顶风战栗的黄菊

我想用我的血浆写成字
那是爱，以往都是你给予的
我习惯它淌在血管里
如此平常而已

站在家门口的树下
只有它，还站在原来的位置
而我生命的根系
砍断后，还有多少须根
留在那里，深深地埋藏和游荡

回家

那日从你的琴弦出发
悠长的颤音如泣如诉
我打马疾驰
在泪湿里，仓皇出逃
记忆不再忠诚时间
被拆解的音符，越过山岗

一路的花和草
有意设置羁旅驿站
老榆树垂老的枝条
炫舞着远方
五色的祈祷，浸染着河流
母亲双掌合十，时光定格
炊烟袅袅升腾，天空悠远
一声声呼唤，我的乳名
漂泊了半生
也没走出敖包的牵引

在异乡的睡梦里

绕过家乡涓涓溪水

我回到了

那个眺望的目光中

半江瑟瑟

在人世间画的圆弧
他投掷的技巧
拙劣
落点，在烟花的脚下沉寂

这个世界盛大而忙碌
父亲，是吞声的牛
一生都在推搡中
持重，一言不发

倒是持鞭者纷纷落幕
他在桥的一隅
白发从容
偏得，半江瑟瑟

一声呼应

某种呼唤，我听得到
夹杂在市井里
长调一般那么长
绕着山梁，一圈又一圈

拾起石子，抛进毛仁塔拉的湖水里
也有声音，口哨一样扩散
下面的沉默，顶着上面的

我寻找那个声音
它潜伏在一截枯枝里
只待我，一声呼应
它就能冒出芽儿来

我思故我在

提及阳光、月光、星光
漫山遍野的草、树、花朵
怎样存在，即怎样亏欠

御寒的棉花
果腹的瓜果蔬菜
五谷和六畜

我来到你们之中
从一场梦里苏醒
在另一场梦里入睡
我和万物一道
来无由，去无踪

父亲老了

我说，走吧父亲
父亲没有挪动脚窝
日月星辰都在他的眼睛里
闪烁哲思

一遍一遍地追问
拷打，过往的岁月
遍体鳞伤
此刻父亲脱光了叶子
还给光阴一声叹息

黄沙，漫天
车辙凝固成七纵八横
我看见从他眼里
升起一道，不能寂灭的
光影

那是他的春色

瞬间击破，坚定或荒芜

在不妥协的时光里

任凭什么也不能剥夺

他心里的

草长莺飞

一条放生的鱼

这是怎样一种传说
市场、人流、吆喝声
活着，更接近死亡
似乎宿命已成定局

阳光晾晒水的清亮
也晾晒一种游动
一个女儿对病父的执念
深入一片无水的沼泽
精致的容器，倒映着众生
鳞片，闪着银光

没有哪一种回声
比空谷更痛
共同拥有一片天空
呼吸或者屏住呼吸
蜗牛一样，缩进自己的心隅
再慢慢地像草一样

钻出坚硬的土，或岩石

从此我被放生
你没有看见
我的鱼尾如何摆动着波纹
游向深处的遇见

独白

清晨，我从异地的宾馆醒来
台灯、窗帘、衣柜、加湿器
同时醒来

淡淡的喜悦
从光晕的最里层
驾驭精致的光线
尘埃都大口呼吸

一大片草坪
对着天空
开屏

旧物

一首歌涅槃，占据一个人的城
那时候，颜色用来流行
傍晚时分，晚霞玄幻言情
我不知道那时候我在青春里

我一个人走
沿着河流，总想走到它的源头
丛林深处，童话还原回结实大地
无人应答，无人知晓

不断调整角度
望远镜，穿透世纪的悠长
剪成凌乱的华丽
枝头几度鸟啼花红
心头卷起墨色的浪花
昨日抚过的岩石
历经此明彼暗，晨昏叩问
每一处此番前来，都带着旧物的新伤

不惑之年

词语相继沦陷
伶俐的水珠，不再跃出盆口
由远及近的卷轴画
收服腾空而来的奔马
枯藤老树
古道西风
我终于像你一样
以站立的缄默
给自己和世界的关系
写下一个注解

致青春

浮世万千遁形
把花朵、绿森林和暖阳还给
封面
偿还给青春
一个紫翼的蜻蜓
那一驻足
凌乱了一生的方寸

当你
一个人走进封底
风声，到底在窗棂下
留下了怎样的诗句

岁月

多年来已习惯北方的风沙
习惯了青丝向白发的转换
少时的浪漫是岁月中最细的
纤维
尽管仍然华美
却深藏于风烟织就的补丁下
有时候展读旧日的信笺
恰见北雁南归
才惊觉春去秋来
该是落叶纷纷归根时
才发现
隔着楼群的烟雾
这二十余年的漫长
竟如此不堪一望
于是
在总是重复的相同梦境中
那个戴着花环的少女
提着裙裾笑容无邪

街上好多人指着她，对我说

那就是你呀

恋曲

送我上火车的父亲
知道我离家远行
千层底纳的鞋绣着花
我从开学到毕业
都没有穿过
还有那熬了又熬的奶块
我也不习惯它的味道

这天夜里
一两只小羊
跳上我的矮墙
我没想到竟种下一片草原
像我的祖父
挥一挥鞭影
却没有一鞭落在哪只羊的身上

我抱着小羊
哭泣，我的草原泪流成河

生字本

收集女儿用过的生字本
小心抚平褶皱
里面丛生着小动物的眼睛
躁动的小爪子，横冲直撞

进入小学那年她七岁
小小的背着书包的背影
似大鱼缸里游泳的鱼儿
摩肩接踵中，她小小的影子
一会儿浮上来，一会儿沉下去

歪歪扭扭的字迹
越来越工整规范
我的忧伤莫名其妙
疼的是锯子，不是我的心

妈妈当年看我的神情

想给妈妈买盒酥饼
回家时带给她
想着她缺牙的咀嚼
会露出笑意

那年妈妈
给我买我爱吃的东西
我倚着窗台
巴巴地望着

“轮回”这个词语
在这个返程的路上
烧焦了一片车窗外的景色
我努力眨巴眼睛
像回去补给嗷嗷待哺的孩子
这焦急和恐慌
像极了妈妈
当年看我的神情

我刻意在养护一个清晨

一天我以为清晨最好
即便，没有鸟鸣
朝霞，在厚厚的墙壁外
照样升起

无暇顾及，就打开窗户
每个房间都有颜色
溜进来的风也有颜色
松开攥紧的追问
无限接近头顶的天空
越是接近，颜色越是清晰可见

做一顿早餐吧
敲开蛋壳，一枚日出
就藏在里面
霞光，触手可及

关于青春

风起时，画面里还有你
有杨树的棉絮
有当剪的长发

曾经太阳是月亮伤口上
滴下的血
月亮是太阳伤口上
落下的泪
多年之后
离愁是一杯淡茶
无意中呷了一口
竟烫到了心

关于青春
我们一辈子都研究的课题
那是覆盖了几冬的雪
那是墙阴里雪藏的草籽

病人

今天，我的身份是病人
医生、护士，各种检查
世界，封闭成一个圈子
病友，生命关照
恶性、良性、可持续
坐轮椅的、搀扶的
剃光了头发的
众生平等，所有高低贵贱
回归到同一地平线

人心从未如此接近头顶天空的广大
松开攥紧的追问
跟天、地、风、云触手贴近

衣冠整齐，还要涂抹口红
迈过了云头的门槛
跌落在尘埃
不能落定的一声叹息

这才是我的世界本来的样子

潮退，归于安静的岸
一两只海鸥
它们是我的朋友
有时候，也不是

都得去觅食
维持生命，进而赢得生活
拾贝，裸足，向大海招手
我们都做过这样的梦
然后燃起篝火
我们在啤酒、烤鱼、音乐声中度过余年

黄昏迫近，父母的背影
呈现着太多的从容和不安
回到孩子怀抱，更像孩子
繁复的尘世，变得简单
执拗着童贞，回归个体的欢乐
我们从没忘记世界

最终的落脚点
与起跳时的轻盈，一致
摆脱无意义的纠缠

我学会
与一只猫，用诗的注脚
缠绕一团线
从无序，到秩序
再到无序的秩序
总有海水，会托住鸥鸟的羽毛

女儿

把大海的底部翻出来
翻出大乌贼，翻出小鱿鱼
蓝海星
用童话解释人生美好
临睡前，我的宝贝儿
我好抱歉，明明前面埋伏着
某一时刻
带你来，用尽我一生的歉意

天上最亮的那颗星
灼热了上午十点钟
用我新鲜的伤口捂热你
麻药，难以制服
血流链接的割舍

狂风怒号，农历九月十四
没有仪式
我对抗着一个深渊的凝视

固执，把你从星空曳进
橘黄色的四楼

翻出大海的热液喷口
用三百八十摄氏度的暖
带你，游向阳光
看水天相接

落红不是无情物

十五分钟后
用各自的眼帘熄灭月光
我和女儿隔着墙壁
咀嚼各自的夜空

我企图挡在你的头顶遮风
却见一棵春笋
穿透屋顶

当下或者即将
我沦为檐下的一抹新泥
点点落红
不为描述什么

给妈妈送伞

我从胡同里给妈妈送伞
阴天，怕下雨
路，那么长，走也走不到

修了大路
隐藏后面的胡同冷落了
总有旋风
堆满纸屑和垃圾

又一次走过
整整四个十年
发现记忆里那条长长的路
原来那么短

喂养后续的岁月

庄稼们拔节
雨滴始终成片段

有人幕后看清了
也保持着沉默
结缔的籽
用全身心抽穗

田野里，成串的谷子
风干，碾碎

从父亲手里接过
喂养，后续的岁月

那些年

一个背影
越走越远
最终章回
是岁月深处一个黑点

不问归程
不涉小桥
不问年年春草为谁绿
夏花为谁凋零

我与世界
隔着一杯酒
一个解释

只在斜阳草树丛中
我一人
酩酊大醉

亲人

离家近了
迎面而来一座山
一条河，几棵老树

亲人们，出来相迎
大舅母，三姨妈，大表兄
在割剩秸秆根儿的田地里
安静地，逐个前来
再逐个退去
最后出场的，是老屋
和我苍老的父母

小时候看过某连续剧
正上瘾，却在某一集
所有主次角走向不同的结局

就像草原上的河流
前不见头，后不见尾

犹如一段故事没有开始
也没有结束

第二年春暖花开
山上会长出高高的草
在雪冬里冻僵的所有物种
脱胎换骨再造一个崭新的自我

多希望你们是一株草
熬过这个冬天
我就能和你们
在鸟鸣里相见

桂花树

木纹，慢慢流动起来
顺着曲线，浮起一双眼睛
眼尾纹儿，散射

一棵树在它的年轮里，盘坐
叶胚在伸出去的那一刻
叫醒了月亮

在精美的器皿
或粗糙的瓷缸里
成为茶，或成为酒
吴刚，就可以邀约人间
对影成三

叔叔

认识叔叔，因为他是爱人的亲叔叔
瘦，黑，倒骑驴
六十多岁，满街跑拾垃圾

纸壳箱，塑料瓶，旧电器
满满一车，码得整整齐齐
自己戴着运动帽，穿得干干净净

他的儿子是一名站长
他不依不靠
锻炼身体、环境保护、抓经济收入三管齐下
十年后，自己买了八十平方米的楼房

每次看见他，我都敬重地上前笑着叫声“叔！”
他会放下手里的废品高兴地回应“哎！”
他跟别人说“侄媳妇人好，从不嫌弃我是捡破烂的！”

卖早餐的女摊主

路边冒着热气的摊位
让这个冬天懒惰的主妇依赖
大雪淹没了地面
她不得不重新认领她那块位置
右边卖饸饹的早早来了
左边炸油条的还没来

人多起来，世间还原应有的样子
这是个孩子患了重病的母亲
叫嚷着卖，讨价还价
看不出她的人生多痛

悲伤也需要资格
当然，还有时间
她面前的包子、花卷、馒头
个个被点化，努力做出讨喜的样子
帮助主人招呼着尘世
慈悲得让人心碎

电话铃声

响过十声铃无人接听
乌云便压在生命的制高点
猜测多是灰色的和黑色的
总想起童年时打碎在地的瓷碗

夜半响起来铃声
惊惧导致所有汗毛倒竖
就像一曲轻挑慢捻的长调
在马头琴弦断中轰然崩裂

战战兢兢走在薄脆的冰上
年迈的父母，我心里的襁褓
倒车镜里挂在树枝上的秋叶
我双手捧护无能为力的季节性飘零

向心痛更痛处爬行
在刀片下开出一朵花来
岁月木然前行，我八面的人生
只为冲你的那一面是笑容

感冒

一个庸常的下午
因感冒，被大床拥进棉花的温度
昏沉，几度梦醒

母亲尚年轻，一头乌发
递来罐头， 儿时一样
是用螺丝刀撬开的瓶盖
父亲做了热面汤
全家都为小女儿的一场感冒
盛大庄重地忙碌

听见锁孔里插进钥匙的窸窸窣窣
我一下子闭紧双眼
我想爸妈走进来
摸我额头，也许还有玩具慰藉

想着，就有两行清泪
顺着十一楼汩汩而下，年近五十
能经风雨，却经不起一场感冒的叨扰

沉默的铁线蕨

总是把呼唤抛进
幽深的黑暗中
捞起一网网
无法投递的寄语

从此往事
是一扇无人可以问津的门扉

时间缝合生命的伤口时
缝存了那把唯一的密码钥匙

沉默的铁线蕨
诉说着一个无人能懂的故事

四十四穗苞米

这一茬苞米又收割了
年龄越来越难以掩饰
冬天把秋日最后的温情
悉数收入囊中，束紧袋口
预计有大风降温，大雪小雪
都不是谜，抓牌就是

从这一端的出口出发向另一端的入口
远征似乎都不太远了
幼年、童年、青年、中年，依次沦为壁画
隧道里，身后的路变得更长

沿着黑发与白发争锋的关口
我以行人身份再次横穿
人生第四十四个斑马线
路灯街树仍然缄默
我没有摇下车窗
只有月亮还是那样高不可攀

伸出的翅膀已经不是为了飞翔
而是为了庇护
庇护那些需要嫁接在你生命之上的生命

此刻，我是浆汁不再饱满却无比强大的苞米
在滚烫的开水里煮熟
并咧嘴笑了

雪花深处

需要一个缰绳
让我的马，歇息
那些和我朝夕相处的草
我怕它们，找不到我

雪，到时候就得下
到时候，那些铺天盖地的白
从骨头里，渗进去
我也终于，化作其中一朵白

到时候，炊烟怕是
找不到雪花深处的我吧

给你

用三千首诗，给你
字字句句的每一笔画
让它们朝朝暮暮，彼此勾连
永世轮回，不寂不灭

朝霞的每一丝缕
编织的都不是童话
露珠包罗的万千气象
一一尝遍，手不松开

你要记得我
雪藏后，一两声孱弱低鸣
我即现身，用你认出我的暗香

防疫在家的日子

紧闭门扉，足不出户
一日只为三餐
顺便关心一下窗台上的花开
和面的双手来不及捋捋散落的头发
扎紧围裙，浏览美食的N种做法

日出目送
日落守候
只要门开
只有你，带着全部幸福的模样
我的花样的餐食
瞬间， 一个个活过来
跳跃着，向你的味蕾，倾倒
万语千言

清早重回人间

侧身出门，我准备入世
吸顶灯，微弱的企图渐次乏力
运动服，撑起弹性的张力
就在昨晚，一场梦和泪雨将我抽离现实

哪一个都是那个“我”
我出门也是寻找赋予“我”的程序
从一场模拟的死亡中
走进清新的早晨
完成一次脱胎换骨

我穿行在马路上
许多和我一样死过一夜的人
用高一声低一声的叫卖声
汽笛声和各种人间清音
享受这模糊不清又高深莫测的万象

无奈的母亲

剩下的残羹
占用花边瓷碗
昨日烹炸的欢愉
执手的葱花和蒜末
与收汁的土豆粉
坚守不渝

吝啬情感的母亲
不舍的眼神
看着一份佳肴
眼睁睁被时间变质

藏起来的春天

梨花、桃花、苹果花都凋谢了
春天不见了
你嘤嘤哭着喊
妈妈！

春天把她藏起来了
藏在夏天的云朵里
藏在秋天的果实里
藏在冬天的雪花里

孩子
春天，一直都在
她始终未离开
只不过
她变成了
你不认识的模样

风筝

风筝断了线后
会到哪儿啊
你挣脱我的手
扬起脸问我

孩子
断了线的风筝
只有两个结果
一个，飞到天上
一个，摔到地上

佛光

在学区房租住屋
八十四岁的母亲住一间卧室
同龄的父亲住另一间卧室
我们三口人在客厅

提前一周，父亲的药盒按顿装好
每天量血压心率
随时加服地高辛
备好开塞露

父亲和母亲
一晚上好几次起夜
看他们手持电筒
蹑手蹑脚穿过客厅去卫生间
我都在蒙眬中睁大眼睛
担心他们摔倒
尽管此前
我每晚都要清理障碍物

地上的水都擦净

周日，父亲等着我刮胡子，
剃头发，剪指甲
看我熟练操作
母亲笑得心疼
我把网上新买的衣服给他们穿上

在偌大的沙发上
看着他们瘦小的身体
罩在吉祥的霞光里

葡萄架上的胖虫子

梦里，拥挤不堪
那些树和面孔
腐殖质的香味
穿过一片
前仰后合的笑声

“葡萄熟了！”
母亲伸进来脖子欢喜

窗户里面
灯光在一个白墙上作画
飞蛾起舞
凝结满地的寒霜

今夜我想念一只虫子
想一只落在头上
惹我吡哇乱叫的虫子

无名花

怒放的红百合
和星星点点的小野花
都梦到过
松软的云彩和霞光

车前子、狗尾巴草
在马车驶过的车辙里
轰轰烈烈地活过

每一朵小小的耳蜗
风在絮语
即使不能拥有名字
我们也可以称作：花朵

蒲公英

漫天飞舞的花丛
我像一朵真正的流云
在我自己的高空里轻轻划过

如何抗拒飞翔
作为一个蒲公英的孩子
我如何抗拒风起
抗拒与母亲的别离

我一个人
就是一座飞翔的公园
我一个人
就是一个流浪的星球

里程和迈速
是在自己的谱曲里
亢进和低回

我知道

我含着种子的来生，在飞

我还可以认出

那颗种子破土而出时

大地母亲那小小的裂开的伤口

布谷鸟叫

黄昏，乌鸦的巢在风中瑟缩
收割后的庄稼地
任凭冷清

一脚一脚
踩进寒露的边界
又不是一次

早该习惯了

我还是把手机铃声
设置成
布谷鸟的鸣叫

后记

唯有文字能担此任，宣告生命曾经在场。

每个人，都有另一度空间里的另一个你，另一个镜面里的你。而诗歌，便是你与另一个自己相遇的媒介。我分别在十三岁、二十二岁和四十四岁遇见诗歌。最初写诗歌，竟然不知道因何而写，现在回想起来就是心灵的驱使，没有任何来自外界的启发，也不曾受任何功利的诱导，完完全全自然状态下，一股心灵里的暗流涌出笔端。

十三岁，我第一次发表作品。是加入“科尔沁文学社”后在《兴安日报》发表的《告别》《小路》两首小诗。平生第一次拿到稿费，虽然只有几元钱，却足以让少年时的我在变成铅字的诗句里体验创作的欢喜。初中阶段，我已经写了一大一小两本诗集，后来都遗失了。二十多年后，有一位同学偶然中说："包立群，你还有一本诗集在我这儿呢！" 但时过境迁，已成为历史了。

二十二岁，某日我不经意在网上搜索自己的名字，看看这大千世界有无与我同名同姓之人，不承想跳入眼帘的是寻找"首届世界华文诗杯新诗大奖赛"获奖诗人的启事。该奖项被作为重要的文化事件收入《一九九七年香港文学年鉴》。我想起当时获得了诗歌佳作奖，因家里条件不允许，没能去深圳领奖。当时获优秀奖的还有如今蜚声文坛的秀实、薛莉、邬云等老师。虽然至今我也没能联系上组委会，但这次偶然发现给了我莫大的新奇和鼓舞。

四十四岁，我有幸来到兴安盟文联工作，与我久违的文学再度牵手。其时，我已远离诗歌二十载，是组织、是命运把我送到了文学的面前。

二〇一八年，庆祝改革开放四十周年粤蒙作家联合采风活动是激发我创作的助推一掌，把我从自写自赏从不示人推到了台前。那夜的大海、篝火和诗歌把遗失的那个诗性的"我"给找回来了。

我对自由诗写得好坏的尺度把握不好，有些炒得很火的诗我也不敢苟同，所以对自己写的这些长短不一的句子是不是诗不敢确定。感谢敕勒川老师的讲座让我和我们兴安盟的诗友们对诗歌的写作、鉴赏水平提升到前所未有的高度，更要感谢布仁巴雅尔主席的鞭策和督促，让我居然能够出版个人作品集，这是我做梦都没敢想的事。还要感谢樵夫老师的引导和带领，兴安盟诗歌氛围浓厚，盟文联因势利导，举办首届、第二届兴安盟诗歌那达慕，全国各地二十多位诗人来吟诗采风创作，刘向东、大卫、李云、梁晓明、亚男、丁鹏、兴安、阮直等老师前来培训或讲座，全盟诗人大大受益。而我也是乘着这东风，问津顶礼诗歌的殿堂，真的是由衷感谢人生的际遇和机缘。同样热诚感谢苏那嘎总编辑和董美鲜老师给予的大力支持！

如今，诗歌已经成为我日常生活的一部分，诗歌于我，不是刻意追求来的，却也是从真诚的努力和对生活真诚的热爱中得来的，时光从不辜负任何真诚的努力！诗歌中，我能获得某种不可言说的快乐，是我与自己内心、与这个世界相处的一种方式，我将交出赤诚的我，与诗歌灵魂关照。